eye

守望者

———

到灯塔去

[法]维多利亚·马斯 著
范加慧 译

疯女人舞会

Le bal
des folles

Victoria Mas

南京大学出版社

1
吉纳维芙

1885 年 3 月 3 日

"露易丝,时间到了。"

吉纳维芙单手掀开被子。少女蜷在窄小的床垫上睡得正香,浓密的深色长发铺在枕上,也盖住她的部分脸庞。露易丝嘴巴微张,发出轻微的鼾声。宿舍里其他女人已经起身,但她没听见周围的动静。她们站在一排排铁床中间伸懒腰、盘发髻,在轻薄半透的睡袍外面套一件黑裙、扣好纽扣,接着在护士们专注的目光下迈着单调步伐走向餐厅。几缕阳光小心翼翼地穿过起雾的玻璃窗。

露易丝最后一个起床。每天早晨都有实习医生或病人过来叫醒她。每当暮色降临,她便如释重负地坠入深沉的黑夜,连梦都不做。一旦入睡,既不用牵挂过往,也无须担心将来。

自从三年前的事件把她带到这里,梦乡已成为她唯一的避风港。

"起床,露易丝。都在等你呢。"

吉纳维芙摇了摇少女的胳膊,她终于睁开一只眼睛。看到病友们口中的"老前辈"站在床头等自己,她先是一惊,接着喊道:

"我还有课!"

"快准备好,你已经睡够了。"

"好!"

少女并脚跳下床,抓起椅子上的呢绒黑裙。吉纳维芙挪开一步观察,留意到她动作匆忙、脑袋乱晃、呼吸急促。露易丝昨天刚发过病,今天上课之前千万不能再发作。

少女匆忙扣好裙子的衣领纽扣,转身面向女总管。吉纳维芙像往常一样,身穿白色工作裙,金发盘成发髻,腰杆笔直,不怒自威。几年下来,露易丝不得不适应她的严峻刻板。谁都不能说她不公正或者坏心眼,可对她就是喜欢不起来。

"这样可以吗,吉纳维芙女士?"

"头发放下。医生的意思。"

露易丝举起圆乎乎的手臂,将匆忙盘起的发髻重新解开。虽值碧玉年华,她却充满孩童的热情,不像十六岁少女。她的身体发育太快,胸脯和腰髋在十二岁就凸显,她却没意识到突如其来的魅惑可能带来怎样的后果。她的眼眸还没完全丢弃天真,正因如此,她依然值得最好的期待。

"我好紧张。"

"放轻松,一切都会顺利。"

"嗯。"

两人穿过医院走廊。三月的晨光透过窗户落在方砖上,柔和的光线预示春天和斋中舞会即将到来,让人看到它就不禁露出微笑,希望不久便能从这里出去。

吉纳维芙觉察出露易丝的紧张。少女低头走路,手臂垂在身体两侧,呼吸急促。这个病区的姑娘们去见夏科本人总会焦虑,更别提被点名参与课程展示。这对她们而言责任重大,众目睽睽令她们感到不安,前所未有的关注让她们几乎(再次)乱了阵脚。

经过几道走廊,穿过几扇弹簧门,她们来到礼堂旁边附带的休息室。几位男性医生和实习医生正在那里等待。他们手拿笔记本和鹅毛笔,山羊胡须轻挠上唇,身体笔挺,白大褂套在黑色西装外面,齐刷刷扭头望向今天的研究对象。医生的目光似乎能穿透裙子,露易丝感觉被剥了个精光。这么多双眼睛牢牢盯着少女,让她眼皮低垂下去。

她只认识其中一张脸庞:巴宾斯基是夏科医生的助理,他走向吉纳维芙。

"会场即将坐满,我们十分钟后开始。"

"需要我给露易丝准备什么吗?"

巴宾斯基从头到脚打量病人。

"这样就行。"

吉纳维芙点头,准备离开房间。露易丝焦虑地往后走一步。

"吉纳维芙女士,您会回来接我,对吗?"

"跟往常一样,露易丝。"

吉纳维芙站在舞台后台观察礼堂。一排排木制长凳上传出的低沉谈话声充斥着整个会场。这屋子看着不像医院,倒像博物馆甚至珍奇屋。墙壁与天花板饰有绘画及浮雕,在这里能欣赏到人体与解剖,随处可见穿衣或裸体的无名氏,有的忧心忡忡,有的神色茫然。离长凳不远处,橱柜因为年代久远已经开裂,玻璃门后面陈列着医院通常会保留的各类纪念品:头骨、胫骨、肱骨、骨盆,数十只广口瓶,石刻胸像,各种器具。这间屋子仅凭陈设就让观众对即将到来的神奇时刻期待不已。

吉纳维芙打量在场观众。有些面孔很熟悉,她认出了一些医生、作家、记者、实习医生、政要、艺术家,当中有的人相信夏科,有的人仍然存疑,但全部难掩好奇之心。她感到骄傲:在巴黎,这个男人凭借一己之力便能激起如此兴趣,使得礼堂长凳每个礼拜都座无虚席。瞧吧,他刚好登台。会场安静下来。面对兴致盎然的公众,身材敦实的夏科轻松自若。他面容修长,令人想到希腊雕塑的优雅和庄重。他的眼光犀利且深邃,长年研究被家庭和社会抛弃的女人,深入了解这个群体的脆弱。夏科知道他在她们心中激起了希望,也清楚他在全巴黎无人不晓。人们深信他的权威,他自信对得起这份声誉:他的才学将会推动医学进步。

"先生们,早上好。感谢各位前来,课程即将开始。今天的催眠对象是一位患有重度歇斯底里症的女患者。她今年十六岁,入院三年以来,记录在册的歇斯底里症发作超过两百次。催眠可以诱使她发病,便于研究其症状,深入了解歇斯底里症的病理过程。因为有露易丝这样的病人,医学和科学才得以进步。"

吉纳维芙莞尔一笑。每次看到夏科向急切等待展示的观众讲话,她总回想起他初来乍到的时期。她看着他研究、记录、治疗、探索,完成前所未有的新发现,开辟无人涉足的新思路。他一个人足以代表完整、真实、有用的医学。既然存在夏科这样的男人,为什么还要崇拜神明?不对,准确来讲:像夏科这样的男人,根本找不出第二个。她感到骄傲,没错,近二十年来一直协助他的工作,为他的科研进展尽一份力,她为此深感骄傲且荣幸,毕竟他是全巴黎最著名的神经学家。

巴宾斯基将露易丝领上台。少女十分钟前还在紧张不安，此时体态却完全不同：她肩膀向后打开，昂首挺胸，面向等待她的观众。她不再害怕：对于她，对于医生，这是接受荣耀与肯定的时刻。

吉纳维芙清楚仪式的每个步骤。首先，取一只单摆在露易丝面前轻轻晃动，她的蓝眼睛保持不动，伴随敲击音叉的声音，少女往后倒下，两名实习医生正好接住她瘫软的身体。露易丝双眼闭合，像小兵一样顺从地执行任何指令，先从简单动作开始：举胳膊，向后转，高抬腿。接着她根据要求摆出特定姿态：双手合十祈祷，仰头面向天空，模仿耶稣受难。简单的催眠展示逐步过渡到重头戏，也就是夏科口中的"剧烈活动阶段"。露易丝现在躺在地上，医生不再发号施令，任由她独自在地上发作抽搐，四肢弯折，身体左右乱晃，时而躺、时而趴，手脚逐渐挛缩直至无法动弹，面容因为痛苦和欢愉变得扭曲，随着身体的抽搐，喉咙发出沙哑的气息。如果让迷信者看到，必定认为她已被魔鬼附身，而且会场确实有人悄悄在胸前画十字……最后一次痉挛令她仰面朝天，仅靠两只光脚和脑袋支撑体重，身体其余部分被高高地支离地面，从脖颈到膝盖形成圆拱形。深色长发扫起讲台地面的灰尘，反弓的脊椎咔嚓发出弹响。强制诱导的发病最终结束，在观众震惊的目光中，她伴随一声闷响瘫倒在地。

因为有露易丝这样的病人，医学和科学才得以进步。

在萨尔佩特里尔医院的围墙之外，每当人们在沙龙或咖啡馆里谈起夏科的机构，只能凭空猜想这间"歇斯底里研究所"是什么样子。据他们想象，女人们光着身子在走廊跑来跑去，拿额头砸向地砖，张开双腿等待幻想中的情人，从早到晚扯着嗓子嘶喊。人们绘声绘色地描述疯女人的身体在白色被单下痉挛，描述她们披头散发且面目狰狞，不是衰老或肥胖，就是丑陋不堪，尽管没做伤天害理之事，但不知为何令人唯恐避之不及。无论是布尔乔亚，还是无产阶级，任何一点背离常规的事情都让他们惊惧，因此对于疯女人的想象尤其能满足猎奇心理，刺激恐惧情绪。他们对疯女人既着迷又害怕。如果真到医院里参观一圈，这些人必定失望不已。

宽敞的宿舍里，日常活动静静展开。一些女人拿粗布擦拭铁床之间和床下的地面，另一些戴好手套、打盆冷水在做简单清洁。一些女人疲惫不堪或是心事重重地躺在床上，另一些边梳头边低声自言自语，看着窗外阳光落在花园残雪上。她们的年纪从十三岁到六十五岁不等，发色有金、棕、红，身材有胖有瘦，穿着打扮与城里女人并无二致，动作害羞腼腆；不同于外面谣传的堕落败坏气息，这地方乍看更像疗养院，而不是针对歇斯底里症病患的收容所。只有仔细观察才能发现异常：这边一只手角度扭曲,那里一条胳膊贴在胸前,某些人的眼皮跳动频率堪比蝴蝶翅膀,还有些人只睁开一只眼睛看您。任何铜器或音叉的敲击声必须避免,否则会有病人当场昏厥。这个哈欠连天,那个不停乱动,许多病人眼神涣散黯淡,或者陷入深深忧郁之中。时不时有人歇斯底里症发作,打破宿舍暂时的平静:女人倒在床上或地上,身体蜷缩起来拼命对抗一种隐形力量,她挣扎、挺直、扭曲,徒劳地与无可挣脱的命运抗争。人们迅速围住她,住院实习医生用两根手指戳住子宫,指尖压力最终让病人恢复平静。情况严重时,需用一块浸湿乙醚的布盖在患者鼻子上,她随即闭眼昏睡,病情暂且得到控制。

这里并没有一群疯女人在冰冷的走廊里光脚跳舞,只有日复一日渴求过上正常生活的无声斗争。

其中一张床旁边,女人们聚在苔蕾丝周围,看着她织披肩。一个梳着王冠编发的年轻女子走到"针织姐"身边。

"这个是给我的,对吧,苔蕾丝?"

"我已经答应给卡米尔。"

"你都欠我几星期了。"

"我两周前刚给你一件披肩,是你说不喜欢,瓦伦汀。现在你就等着吧。"

"你太坏了!"

年轻女子气恼地走开,她不再在意神经性扭曲的右手,或者规律性抖动的腿。

在另一名住院医生的帮助下,吉纳维芙扶露易丝回到床上。少女十分虚弱,但还是努力微笑。

"我表现得好吗,吉纳维芙女士?"

"和往常一样好,露易丝。"

"夏科医生对我满意吗?"

"等你被治好的时候,他会很高兴的。"

"我看到他们都在看我,所有人……我会和奥古斯汀一样出名的,对吗?"

"好好休息。"

"我会成为新的奥古斯汀……全巴黎都会谈论我……"

吉纳维芙为少女的疲惫身躯盖好被子,她苍白的脸上挂着微笑,沉入梦乡。

夜幕降临苏夫洛街。先贤祠在高处守护街道那端已经入睡的卢森堡公园。

一座楼房的六层开着一扇窗户。吉纳维芙观察宁静的街道,左边直到先贤祠的肃穆剪影,右侧直到拥有众多雕像的花园——每天从早晨开始,散步者、恋人、孩童纷至沓来,沿着翠绿的小径和鲜花盛开的草地漫步。

傍晚从医院回来,吉纳维芙遵循每天的固定流程。首先脱下白色工作服,下意识地确认它没有沾上污渍(最常见的是血渍),再挂在小衣橱上。接着她在楼梯平台上洗漱,有时会遇到同楼层的女邻居:一位母亲和她十五岁的女儿,两人都是洗衣女工。自从巴黎公社期间丈夫去世之后,只有她们母女俩相依为命。回到简朴的小单间,她加热一碗浓汤,坐在单人床的边沿,在油灯的光线下安静喝完。接着她在窗边停留十分钟,每天晚上如此。此刻,她笔直地站着不动,仿佛仍然穿着紧身的工作服,她从高处观察街道,如同灯塔高处的哨兵。不是对着路灯沉思或遐想(她可没有那种浪漫主义),只是用这片刻的宁静埋葬她在医院内度过的一天。她打开窗户,让从早到晚伴随她左右的一切都随风飘散:忧愁或讽刺的面孔,乙醚和氯仿的气味,鞋跟踩在瓷砖上的声音,反复回响的呜咽和呻吟,躁动的身体带动床发出的嘎吱声。她只想远离那里,不去想疯女人们。她对她们不感兴趣。没有哪种命运让她为之动容,没有哪个故事使她心绪不宁。自她从业之初发生那件事情之后,她就拒绝看到背后的女人,一律将她们视为病人,仅此而已。她回想起那个很像她妹妹的病人,发病的时候面容扭曲,两只手抓住吉纳维芙的脖子,如同在地狱受刑一般疯狂地猛掐她脖子。吉纳维芙当时还年轻,她认为要想帮助病人,必须建立情感联系。两名护士赶来帮忙,最终帮助吉纳维芙从她曾经信任和同情的病人手中解脱出来。她很受打击,同时学到了教训。之后在病人身边度过的二十年时光一再验证了她的感受。疾病剥夺人性,让这些女人成为提线木偶,任由滑稽怪诞的疾病症状拿捏,让她们成为医生手中软趴趴的玩具娃娃,医生可以随意摆弄,检查每一寸皮肤。作为观察的客体,她们能激发的唯一兴趣在于临床意义上的研究价值。她们再也不能成为妻子、母亲,或者少女,她们不是人们观看或考虑的对象,也不会被渴望或爱慕:她们是病人,是疯子,是失败者。她的工作是尽可能医治病人,再不济也得确保她们被监禁期间的生活质量。

吉纳维芙关上窗户,拿起油灯,面对小木桌坐下,油灯放在桌上。从初到巴黎直至现在,她一直住在这间屋子,房间里唯一的奢侈之物,就是这个正在缓慢加热房间的暖炉。二十年来,房间丝毫未变。同一张单人床,同一只衣橱(里面有两件裙子和一件晨衣),同一个炭炉,同一张小木桌配椅子(用来写东西)。一张玫瑰红色的挂毯因为老旧而泛黄,又因为潮湿,有些地方鼓起来。它是整个屋子唯一的彩色装饰,其余家具都是阴沉的木头材质。天花板是穹顶形状,她走到较矮的位置时会下意识低头。

吉纳维芙拿出一张纸,羽毛笔蘸点墨水,提笔写道:

巴黎，1885 年 3 月 3 日

亲爱的妹妹：

我已经好些天没写信了，希望你不要责怪。疯女人们这星期尤其躁动。只要有一个开始发作，其他人也跟着一起。冬天的末尾经常有这种效果。铅灰色的天空盖在头顶好几个月，宿舍十分寒冷，暖炉加热的效果不够理想，更别提冬季疾病了：你可以想象，这些因素对她们精神的影响有多严重。好在今天已经有春天最早的阳光了。两星期后举办四旬斋中舞会，应该能让她们平静下来。另外，我们很快就要拿出去年的服装。这会让大家情绪好转的，包括实习医生们。

夏科医生今天又上了一节公开课。这次还是小露易丝。可怜的疯女人已经在设想自己和奥古斯汀一样成功。我真应该提醒她，奥古斯汀非常享受成功，最终她从医院逃跑了，甚至是穿着男人的衣服走的！真是忘恩负义。我们付出那么多，那么努力地医治她，尤其是夏科医生。疯女人一辈子都是疯女人，我一直这样跟你讲。

不过公开课很顺利。夏科和巴宾斯基重现了一场精彩的发病，观众非常满意。小礼堂座无虚席，和往常的周五一样。夏科医生值得成功。我不敢想象他将来会有怎样的新发现。每次我都会想到自己：一个小小的奥弗涅姑娘，一个乡村医生普普通通的女儿,如今协助巴黎最伟大的神经学家。我向你坦言,这样想想就让我心中充满自豪与谦卑。

你的生日逐渐临近。我尽量不去想,不然我会过于悲伤。直到今天也是如此,没错。你一定觉得我是傻瓜,但岁月不改变什么。我一生都会思念你。

温柔的布朗迪娜,我得去睡觉了。我拥抱你,亲热地吻你。

想念你的姐姐,无论你身在何处

吉纳维芙重读一遍,接着把信叠好塞进信封,在顶端靠右标注"1885年3月3日"。她站起身,打开衣橱门,悬挂的裙子底下,许多长方形盒子堆在一起。吉纳维芙拿起最上面的盒子,里面有一百来只信封,每一只都在顶端靠右标注日期,和她手上这封信一样。她伸出食指检查最靠前的信封日期,"1885年2月20日",接着把新信封插在它前面。

她合上盖子,将盒子放回原处,关上衣橱门。

2
欧也妮

1885 年 2 月 20 日

雪下了三天。雪花在空中串成珠帘。一层白毯盖住人行道和花园,沾在皮草和皮革上,高帮皮鞋踩着咔嚓作响。

雪花在落地窗外安静降落,盖在奥斯曼大道的白色地毯上,克莱里一家毫不关心,坐在桌边享用晚餐。五位家庭成员盯着各自的餐盘,切开仆人刚刚端上来的红肉。在这间巴黎布尔乔亚公寓里,头顶的天花板装饰着线脚;周围则是各类家具、画作、大理石或铜质物品、分支吊灯与烛台。今晚一如平常:刀叉与陶瓷餐具碰撞,椅子腿跟随人的动作吱呀作响,壁炉火焰噼啪作响,仆人不时上前用铁镐拨弄柴火。

一片安静,父亲终于开口。

"我今天接待了福尚。他对母亲留下的遗产很不满意。福尚希望得到旺代的城堡,但被他姐姐继承了。母亲只留给他里沃利街的公寓。不足一提!"

父亲的视线没有离开餐盘。既然他已经开口,现在其他人也可以讲话。欧也妮瞥一眼坐她对面的哥哥,发现他还在埋头吃饭。她于是抓住机会。

"巴黎都在传,维克多·雨果身体状况很不好。你知道些什么吗,泰奥菲勒?"

哥哥一边嚼肉,一边惊讶地抬眼看她。

"我知道的不比你多。"

父亲目光也转向女儿。他没有注意到她炯炯有神的眼睛里露出讽刺。

"你在巴黎哪儿听说的?"

"听报纸商说的。在咖啡馆。"

"我不喜欢你去咖啡馆晃悠。像什么话。"

"我去只是为了读书。"

"那也不行。而且不许在我们家提起那个男人的名字。有些人声称他是共和主义者,其实他压根不是。"

十九岁的少女忍住笑容。如果她不挑衅父亲,他甚至不愿意正眼瞧她。她知道这位一家之长丝毫不在意她的存在,直到哪天有位家境良好的对象——出身律师家庭,或者和他们家一样的公证人家庭——愿意娶她。这就是她在父亲眼中的唯一价值:为人妻子。她能想象,将来当她坦白不想结婚时,父亲必定怒不可遏。她早已决定。坐在她右边的是母亲,她那样的一生欧也妮不想要:一辈子困在布尔乔亚公寓,一辈子遵循某个男人的日程,服从他的决策,一辈子缺乏抱负或激情,一辈子对镜自怜(假设她还能看到镜中的影子),一辈子除了生育别无他求,一辈子只想着每天化什么妆。就这些,她完全不想要。而其他,其他的一切她都想要。

坐在哥哥左边的祖母抛给她一个微笑。这个家里只有祖母能看到真实的欧也妮:自信且骄傲,白皮肤金头发,面相聪慧,眼神专注,左眼虹膜有一处深色斑点,悄悄观察并注意一切。最重要的是,无论在知识还是追求上,她急切地希望不被限制,这个念头非常强烈,有时绞得她胃疼。

克莱里先生看向还在大快朵颐的儿子。对长子说话时,父亲的声音变得温和。

"泰奥菲勒,我给你的几部新书,你学完没有?"

"没呢,我还有些书没看完。三月份开始学。"

"过三个月你就要成为公证处文员了,我希望在那之前你能复习完所有内容。"

"我会完成的。对了,明天下午我不在家。我要去参加辩论沙龙,福尚家的儿子也会去。"

"别提起他父亲的遗产,免得惹他不悦。不过这当然很好:

你该去锻炼思维。法兰西需要善于思考的年轻人。"

欧也妮抬头望向父亲。

"您所说的善于思考的年轻人,包括男孩和女孩,对吗爸爸?"

"我已经跟你说过:女人不该抛头露面。"

"巴黎如果只有男人,想想就很悲伤。"

"打住,欧也妮。"

"男人太过严肃,不懂得逗乐。女人既能严肃也能笑。"

"别跟我顶嘴。"

"我不是跟您顶嘴:我们在讨论。恰恰是您鼓励泰奥菲勒和朋友们明天去做的事情……"

"够了!我已经跟你说过,在我家里不许放肆。你可以离开了。"

父亲用刀叉敲打餐盘,眼睛盯着欧也妮。他的颊须和小胡子勾勒出脸庞的轮廓,这会儿每根胡须都被怒火挑动,额头和鬓角已经变红。今天晚上,欧也妮至少成功激发了某种情绪。

欧也妮将刀叉摆在餐盘里,餐巾放在桌上。她站起身,向其他人点头示意,母亲眼神沮丧地看着她,祖母被她逗乐了。接着她离开餐厅,对于方才的扰乱颇为高兴。

"你今晚真就忍不住,是吧?"

夜幕降临。克莱里公寓有五间卧室,其中一间屋子里,欧也妮拍打着靠枕和枕头;在她身后,身穿长睡衣的祖母等待着她整理床铺。

"我们必须找点乐子。这晚餐简直闷得没法说。您坐,祖母。"

她牵住老妇人满是皱纹的手,扶她坐到床上。

"你父亲直到甜点上来都还是一脸不悦。你应当照顾他的情绪。我这样说是为你好。"

"您别担心我。我在爸爸眼中的地位已经没法更低了。"

欧也妮抬起祖母裸露的瘦削双腿,帮助她躺进被子底下。

"您冷吗?我再加一层床罩?"

"不用,亲爱的,这样挺好。"

年轻女子面对祖母慈爱的脸庞蹲下,她每天晚上都来帮她掖好被褥。这双蓝眼睛的目光让她感到安心,祖母拥有世上最温柔的微笑:脸上褶皱抬起,浅色眼睛弯折。欧也妮爱她,胜过爱自己的母亲。或许(部分)原因在于,祖母爱她,胜过爱自己的女儿。

"我的小欧也妮,你最大的特质也将是你最大的缺点:你是自由的。"

她的手从被子底下伸出来,轻轻抚摸孙女的棕发,孙女却不再看着她,注意力停在别处。欧也妮观察卧室的角落。一动不动地盯着某个看不见的点,欧也妮早已不是头一回。这种时刻的持续时间从来不会久到真的令人担忧。是不是脑中突然闪过一个念头,或者一段回忆,让她心神不宁了呢?是不是和她十二岁时发誓看到什么东西的那次一样呢?老妇人转过头,朝向孙女看着的方向:卧室角落里,摆着一只六斗柜、一瓶花、几本书。

"怎么了,欧也妮?"

"没事。"

"你看到什么了吗?"

"不,没有。"

欧也妮回过神来,笑着轻抚祖母的手。

"我累了,仅此而已。"

她不会回答祖母,是的,她确实看到了东西——准确来讲,她看到了人,而且有段时间没看到他了。他的出现让她感到意外,尽管她能觉察到他的到来。欧也妮从十二岁那年开始就能看见他。当时他刚刚离世,距离生日只有两星期。全家人都在会客厅,他首次出现在她眼前。欧也妮大声喊道:"看呐,是祖父,他坐在扶手椅上,看呐!"她相信其他人也能看见,别人越说没有,她越来劲:"祖父真在那儿,我发誓!"直到父亲言辞激烈地训斥了她,于是后面几次看见时,她再也不敢提起。无论是祖父还是其他鬼魂。在他去世后,还有另外一些人来到欧也妮面前。好像她看见祖父这件事使她身上什么东西被打通了——某种通道,在胸骨位置,她能感觉到是在那里——先前一直闭塞,现在突然打通了。她不认识其他出现的人,彻头彻尾的陌生人,男女老少都有。他们并非突然出现,欧也妮能感觉到他们逐渐来临:一种疲惫感让她四肢沉重,她觉得自己掉进半睡半醒的状态,仿佛精力突然被抽走,被挪作他用:这时她就能看见他们。这些人站在会客厅,坐在床上,或是在桌旁看他们吃晚餐。欧也妮小一点的时候,这些异象把她吓得不轻,痛苦得说不出话。如果可以,她很想一头扎进父亲的怀抱,把脸埋进他的上衣,直到她看见的人离开为止。尽管内心不安,但有一点她十分确信:这不是幻觉。他们的出现让她产生一种感觉,毫无疑问:这些人已经去世,现在是回来看她。

一天,祖父再次出现,还跟她说话。确切而言,她在脑中听到他的声音,因为说话人的面部依然没有表情,也没有开口。他让她不要害怕,他们不会伤害她,他说活人比死人更让人惧怕。他还说,她拥有天赋,死人来找她是有原因的。那年她十五岁。然而最初的恐惧依然存在。她最终接受了祖父的造访,但当其他人出现时,她会恳求他们离开,他们也会照做。她没有选择看见他们,没有选择拥有这项"天赋"。在她看来,这与其说是天赋,还不如说是心理障碍。她安慰自己,这会过去,有朝一日当她离开父亲的屋檐,这一切就会消失,再也没人来打扰她。在那之前,她只需保持沉默,即便对祖母也只字不提,因为假如她再敢提到类似的事情,立马会被送去萨尔佩特里尔医院。

次日下午,首都上空的降雪总算暂停。雪白的街道上,成群结队的孩童在长凳和路灯之间打雪仗。苍白的、几乎刺眼的反光照亮巴黎。

泰奥菲勒从楼下车道出来,走向停在人行道边上的马车。红棕色鬈发从大礼帽的下沿露出来。他将衣领竖起来盖到下巴,匆忙戴上皮革手套,打开车门。他伸出一只手,扶欧也妮上车。她身穿一件喇叭袖的带帽黑色大衣,发髻上插着两根鹅毛——她不太喜欢巴黎当下流行的花饰帽子。泰奥菲勒走到车夫身边。

"马勒塞尔布大道9号。拜托,路易,假如父亲问起来,就说我是独自出门的。"

车夫做出一个缝嘴巴的手势。泰奥菲勒钻进车厢,坐在妹妹身边。

"你还在生气呢,哥哥?"

"是你让人生气,欧也妮。"

午餐没有父亲在场,气氛总是更平和。之后没多久,泰奥菲勒去自己卧室午休:他每天要睡上二十分钟,然后准备出门。

他刚站在镜子前戴好大礼帽,就听到有人敲门。四下,是妹妹的敲门声。

"进来。"

欧也妮推开房门,她穿戴着准备出门的衣帽。

"你又要去咖啡馆?爸爸不会赞成的。"

"不,我要跟你去辩论沙龙。"

"绝对不行。"

"为什么?"

"你没被邀请。"

"那你邀请我。"

"而且那里只有男人。"

"真可怜。"

"你看,你并不想去。"

"我想看看那边什么样,仅此一次。"

"我们聚在会客厅,一边吸烟,一边喝咖啡或威士忌,摆出谈论哲学的架势。"

"假如真像你描述的这么讨厌,你为什么还去?"

"这是个好问题。社会习俗吧,我猜。"

"带我一起。"

"我可不想引火上身,被爸爸知道就惨了。"

"你去和儒贝尔街的莉塞特卿卿我我之前,怎么不想清楚?"

泰奥菲勒惊呆了,久久盯着妹妹。她微微一笑:

"我在门口等你。"

马车在雪地的车辙沟里艰难前进,车厢里的泰奥菲勒一脸忧虑。

"你确定妈妈没看见你出门吗?"

"妈妈从来看不见我。"

"你讲话不公平。这个家并不是人人都在针对你,知道吗?"

"就你不是。"

"没错。我会和爸爸一起,给你找个好人家。这样一来,你就可以去你想去的所有沙龙,再也不用来烦我。"

欧也妮看着哥哥笑了。讽刺是他们共有的唯一特征。两人虽不亲密,但也不曾恶意相向。他们不像是兄妹,倒像是生活在同一屋檐下的关系友好的熟人。欧也妮完全有理由嫉妒哥哥,他是备受宠爱的长子,家里鼓励他学习深造,期待他成为公证人,不像她只能嫁人。欧也妮最终明白,哥哥也和她一样身不由己。泰奥菲勒同样要达到父亲的要求,他同样得满足人们的期待,同样得把自己的追求埋藏心底。如果能自由选择,泰奥菲勒更想收拾行李去旅行,去往天涯海角,离家越远越好。或许这是他们的第二个共同点:身不由己。但是即便在这件事上,兄妹俩还是有所区别:泰奥菲勒已经甘心接受他的处境,但妹妹不同,她拒绝接受。

这间布尔乔亚会客厅与他们自己家的相差无几。屋顶天花板赫然悬挂着一盏水晶吊灯。一名仆人穿梭在宾客之间,手中的银托盘装着一些盛有威士忌的玻璃酒杯,另一名仆人端着一些盛有咖啡的陶瓷咖啡杯。

年轻男子们站在壁炉旁边,或者坐在上世纪的长沙发上,一边低声交谈,一边抽香烟或雪茄。巴黎的新精英群体,思想正统,因循守旧。他们脸上写满出身优越的骄傲,肢体动作漫不经心,流露出未尝劳苦的富绰。对他们而言,"价值"一词仅适用于装饰墙壁的画作,以及他们坐享其成的社会地位。

一名年轻男子带着讽刺的笑容走向泰奥菲勒。欧也妮待在一边,观察这场上流人士集会。

"克莱里,没想到你今天有美人相伴。"

红棕色鬈发之下,泰奥菲勒涨红了脸。

"福尚,这是我妹妹,欧也妮。"

"妹妹?你们俩一点都不像。很高兴认识你,欧也妮。"

福尚上前握住她戴着手套的手,他直勾勾的眼神让欧也妮感到一丝厌恶。他转头看向泰奥菲勒。

"你父亲有没有提起我祖母的遗产?"

"没错,我听说了。"

"爸爸非常气恼。他成天把旺代城堡挂在嘴边。但是最气的人非我莫属,老太婆什么都没留给我。她唯一的孙子!来吧。欧也妮,您喝酒吗?"

"一杯咖啡,不加糖。"

"您头上的鹅毛很有趣。您今天会逗乐大家的。"

"所以您也是会笑的?"

"她还挺傲慢!真不错。"

在这沉闷的空间里,时间艰难地缓慢流逝。三五成群的交谈声彼此叠加,化作低沉单调的回音,不时穿插玻璃杯或咖啡杯的撞击声。烟草的雾气形成柔和透明的薄纱,飘荡在人们头顶上。酒精使得原本懒散的身躯更加柔软。欧也妮坐在扶手椅软绵绵的天鹅绒上,频频抬手遮掩哈欠。哥哥没有撒谎:唯有社会习俗能解释这类沙龙的存在。这些所谓的才学之士哪里是在辩论?所有发言都是人云亦云,所有观点早已烂熟于心,他们只是循规蹈矩地背诵。他们理所当然地谈论政治——殖民主义,格雷维总统,《费里法案》——也稍微涉及文学和戏剧,但话题并不深入,因为这两个领域在他们眼中充其量作为消遣,却无法增加人的智识。欧也妮漫不经心地听着。她没兴趣挑战这群思想狭隘的人,尽管她偶尔想要就某个想法提出意见,或者指出某些言论的自相矛盾之处,但她已经能预见其他人的反应:这群男人会盯着她,嘲笑她敢于发言,推翻她的观点，将她打回应有的位置去。最骄傲的智者不愿意被他人质疑——尤其是被女人。这群男人不会重视女性，除非当女性的外形符合他们的口味。至于有能力损害男性气概的女性，他们只会报以嘲笑，更有甚者选择清除。欧也妮记得三十年前的一则社会新闻：一个名叫埃内斯汀的女人渴望挣脱妻子的角色，于是她向做厨师的堂亲学习烹饪，希望有一天能去餐馆当厨师；她丈夫感觉一家之主的地位遭到削弱，于是把她送进萨尔佩特里尔医院。世纪初以来，类似的故事不断上演，在巴黎的咖啡馆口口相传，有时出现在报纸的社会新闻版块。一个女人因为丈夫不忠而大发雷霆，接着就和在公共场合暴露下体的女叫花子一样被关进医院；一个四十来岁的女人挽着小她二十岁的年轻男人出门，于是以放荡的罪名被拘禁；一个寡妇被婆婆送进医院，原因是丈夫去世之后她过度忧郁。那是一个垃圾堆，用于丢弃所有危害公共秩序的女人。那是一间疯人院，用于收容所有不符合主流期待的女人。那是一座监狱，用于关押所有胆敢持有意见的女人。自从二十年前夏科到来，据说萨尔佩特里尔医院已经旧貌换新颜，据说现在只有真正的歇斯底里病人才被关进去。尽管有这些笃定的声音，外界依旧存疑。人们的思想植根于被父亲和丈夫们主导的社会，要改变群体的思维，二十年不值一提。从来没有哪个女人完全确信，她的言论、个性、追求不会导致她被关进十三区令人畏惧的高墙内。于是,她们小心谨慎。即便是勇敢的欧也妮,她也不敢越雷池一步——尤其是在这会客厅满屋子有权有势的男人面前。

"……但这个男人是异端分子。他的书应当被烧掉!"

"那可太看得起他了。"

"他只是流行一时,将来会被遗忘。况且,如今谁知道他的名字?"

"你们在谈论那个主张幽灵存在的人吗?"

"是'亡灵'存在。"

"疯子!"

"肉体死亡之后还有亡灵存在,这种主张与任何逻辑背道而驰,违反一切生物学规律!"

"而且,抛开这些科学规律不谈,如果亡灵存在,它们怎么不多多现身呢?"

"我们来验证看看!我向这间屋子里所有在场的亡灵提出挑战,假如你们真的存在,请把一本书丢到地上,或者移动一幅画!"

"梅尔西埃,别说了。这也太荒谬了,我不喜欢这类玩笑。"

欧也妮在扶手椅上坐直身体,脖子伸向聚集的人群,这是她自到场以来第一次聆听谈话。

"这不但荒谬,而且危险。您读过《亡灵之书》吗?"

"我们为什么要为他的胡言乱语而浪费时间呢？"

"要想很好地批评，必须先去了解。我读过这本，我向您保证，书中某些言论严重伤害了我内心最深处的基督教信仰。"

"一个自称与死人交流的家伙，你干吗在意他讲的话？"

"他胆敢声称天堂和地狱都不存在。他认为终止妊娠无可厚非，理由是胚胎不拥有灵魂！"

"真是大不敬！"

"有这种思想的人应该上绞刑架！"

"你们谈论的这个男人叫什么名字？"

欧也妮从扶手椅上站起身，一名仆人走到她身边，取走她手中的空杯子。听到沉默少言的年轻女孩终于开口，男人们感到惊讶，纷纷转头盯住她。泰奥菲勒担忧地僵直了身体：他知道妹妹难以捉摸，总是语出惊人。

福尚手持雪茄，站在长沙发后面，脸上露出微笑。

"鹅毛姑娘终于开口了。你问这个做什么？但愿你不是通灵论者吧？"

"他叫什么名字？我请问您。"

"亚兰·卡甸。怎么了？你对他感兴趣？"

"你们都言辞激烈地贬低他。一个人竟能激起如此热情，他想必有可取之处。"

"或者大错特错。"

"我自有判断。"

泰奥菲勒穿过其他宾客,走到欧也妮身边,抓住她的胳膊低声说道:

"如果你不想当场被钉上十字架,我建议你立即离开。"

哥哥的眼神中更多流露出担忧,而不是专断。欧也妮感受到一张张不以为意的脸庞正在从头到脚打量她。她向哥哥点头示意,接着向众人致意,离开会客厅。这是她在两天之内第二次一言不发地离场。

3

露易丝

1885年2月22日

"雪景真美。我想出门,去公园里。"

露易丝的肩膀抵住窗玻璃,高帮皮鞋忧郁地在瓷砖上摩擦,圆胳膊交叉放在胸前,撅着嘴巴。窗外积雪平整地铺展在公园草地上。降雪多的时候,疯女人禁止外出。可穿的衣服不够御寒,而且她们身子太孱弱,转眼就能患上肺炎。此外还有一项风险,允许她们去雪里玩耍可能导致精神过度兴奋。因此每当大地银装素裹,疯女人的活动空间就被限制在宿舍里。她们四处游走,讲话给愿意听的人,无精打采地活动,心不在焉地玩牌,照镜子,给其他人编辫子,总体气氛沉闷无聊。早晨刚一醒来,想到还有一整天要过,思维和身体已经疲惫不堪。宿舍里没有时钟,于是每一天就变成一个搁浅的、永无止境的瞬间。

在禁闭的空间里等待医生检查,时间就是最大的敌人。它激发被压抑的思想,唤醒回忆,引起痛苦,招致悔恨——而这时间,无从得知是否存在尽头的时间,比人们经受的疼痛本身更令人惧怕。

"别抱怨了,露易丝,来跟我们坐在一起。"

苔蕾丝坐在床上,在周围人的好奇目光里钩织一件披肩。这个女人身体矮胖,皮肤褶皱,一双轻微扭曲的手不知疲倦地钩织着手中的线圈。其他人既快乐又骄傲地穿戴她织出的成品,那是她们很久以来唯一获得的寄托着关心和友爱的物件。

露易丝耸耸肩膀。

"我更想待在窗边。"

"总盯着外边,对你不好。"

"不,这让我感觉公园属于我。"

门框里出现一个男性的身影。年轻的实习医生站着不动,目光扫视整个宿舍,找到露易丝。少女也看见了他,她松开圈着的胳膊,站直身体,藏住微笑。他朝她点头示意,随即离开。露易丝看看周围,碰到苔蕾丝不赞成的目光,挪开眼神,走出宿舍。

门里面是一间空屋子,护窗板关着。露易丝走进去,小心翼翼关上门。光线昏暗的房间内,年轻男子站着等待她。

"于勒……"

少女扑进男子的怀抱,他抱住她。她的心怦怦直跳,太阳穴也在跳动。男孩的手轻抚她的头发和脖颈,露易丝的皮肤感觉到轻轻的战栗。

"你这几天去哪儿了?我在等你。"

"我最近工作很忙。而且现在不能久留,我得去听课。"

"哦不。"

"露易丝,耐心点。很快,我们俩就能在一起了。"

实习医生双手捧住少女的脸庞,拇指轻轻抚摸她的脸颊。

"让我吻你,露易丝。"

"不,于勒……"

"这会让我开心。我一整天都能拥有你的味道。"

露易丝来不及回答,他已经低下头,温柔地吻她。他感觉到她的迟疑,于是继续吻她,因为逼迫能让对方退步。他的小胡须在她肉实的嘴唇上摩挲。强吻还不能满足他,于勒一只手往下摸到少女的胸口,抓住她的乳房。露易丝猛地推开他,往后退步,四肢都在颤抖。两条腿再也支撑不住,她倒退两步,坐在床沿。于勒一脸无所谓地走过去,在她面前跪下。

"别这样,亲爱的小可爱。我爱你,你是知道的。"

露易丝听不到他说话。她目光凝固,现在感觉是姨父的双手在她身上。

一切要从贝尔维尔街的火灾讲起。露易丝刚满十四岁。底层起火的时候,她和父母正在家中睡觉,后来被火焰的热浪惊醒。露易丝睡眼惺忪,感觉到父亲的手臂将自己举到窗边递出去,邻居们在人行道上接住她。她脑袋眩晕,难以呼吸,随即陷入昏迷,醒来时人在姨妈家。"从今以后,我们就是你父母了。"少女没有哭泣。在她的想象中,死亡只是暂时的,父母的伤将会愈合,他们很快就会来接她。没有理由难过:只需等待。

从那之后,她跟随姨妈和她丈夫一起生活,住在肖蒙山丘后面带夹层的房子里。悲剧发生后没过多久,她的胸脯和髋部突然发育。不到一个月的时间,她不再是曾经那个小女孩,再也穿不上她唯一拥有的裙子。姨妈不得不剪开自己的一条裙子,改了给她穿。"你夏天就穿这件,冬天来了再说。"姨妈是洗衣女工,丈夫是工人。他从来不跟露易丝说话,但自从她身体变得成熟,她注意到他阴沉的眼睛盯着自己。她在姨父的眼神中觉察到一种陌生的情感,她能猜到这是超出她理解范围的,对她而言过于成人的。这份不请自来、不合时宜的关注让她非常不适。身体的丰满令她无所适从。她不再能控制自己的身体,也控制不了别人如何看待它,无论在外面还是在家里。姨父什么都没说,也没碰她,但她夜晚睡不着,就好像出于女性纯粹的直觉,她惧怕他的行动。她躺在二楼的一张床垫上,睡在夹层底下，木质楼梯的台阶通往她平躺的身体。但凡楼梯发出一丁点吱呀声响，露易丝就会惊醒。

夏天到了。露易丝和街区其他少年一起在外面玩耍。每天，这群孩子尽情消磨时间：从贝尔维尔的斜坡上猛冲下来，去杂货店抓起大把的糖果塞进口袋，捡石块砸鸽子和老鼠，下午在肖蒙山丘公园的树荫底下度过。八月的某一天，烈日压垮身体，路面几乎融化，一群伙伴决定去湖边嬉水。他们并不是最先想出这个主意的人，郁郁葱葱的公园容纳了所有寻找树荫和清凉的附近居民。远离人群的角落里，少年们脱下衣服，只穿内衣下水。泡澡十分愉快。大家忘记了炎热，把夏天的烦闷和年少的迷茫抛在脑后。

他们在湖里一直待到傍晚。回到岸上，他们发现姨父藏在一棵树后面。没人知道他在那里观察了多久。他伸出粗短的、汗涔涔的手，抓住露易丝的胳膊使劲摇，嘴里责骂她不知检点，少女整个身体跟着晃动。在朋友们惊恐的目光下，她被一路拖回公寓，裙子的纽扣都没太系好，湿漉漉的黑头发垂在胸前，胸脯的轮廓在透明的背带裙睡衣底下隐约可见。进门之后，他把她推倒在自己与妻子睡的床上。

"你就是这样出去见人的。你等着瞧。我来给你点教训。"

露易丝倒在床上，看着姨父解下皮革腰带。或许他只想打她一顿。她会疼,但也不过是皮肉伤而已。他把皮带扔到地上。露易丝大声哭喊。

"不!姨父,不要!"

她站起身,一个耳光打下来,她再次跌倒在床上。他压在她身体上防止她乱动,撕扯裙子布料,分开她赤裸的大腿,解开他裤子的纽扣。

姨妈回来撞见这一幕的时候,他还压在她身上,露易丝还在喊叫。少女向她伸出手。

"姨妈!救我,姨妈!"

姨父立即住手,妻子冲向他:

"垃圾!禽兽!滚,我今晚不想看见你!"

男人匆忙套上裤子,穿上衬衫,出门而去。得救的露易丝放下心来,她没有注意到床单和她的下体都浸染了鲜红的血迹。姨妈冲到她面前,扇了她一个耳光。

"还有你,小婊子!勾引男人,这就是你的下场!你看看,我床单都被你弄脏了。穿上衣服,赶紧拿去给我洗干净!"

露易丝不解地看着姨妈。直到第二个耳光落在脸上,她才开始穿衣,执行姨妈的命令。

第二天,姨父回到家,生活恢复正常,好像什么都没发生过一样。从那之后,露易丝躺在楼房夹层底下,身体会因为不受控制的痉挛而剧烈摇晃。每当姨妈督促她下楼刷碗或者做家务，少女强迫自己折成两半的身体站起身去找她。到了楼下，她立即开始呕吐。姨妈惊声尖叫，露易丝晕倒。四五天都是如此。喊叫声扰得楼里住户心神不宁，一天晚上，楼下邻居前来敲门。姨妈怒气冲冲地打开门，邻居看到露易丝躺在地上，脸埋在一摊呕吐物里，身体剧烈摇晃，头和脚不时地前后摆动。他扛起少女，和妻子一起将她带到萨尔佩特里尔医院。她再也没有出来。一晃就是三年。

后来，当露易丝难得提到这件事，她总结说："被姨妈责骂比被姨父强暴更让我难过。"

在疯女人囚区，她是发作最规律也最严重的病人。她的症状与奥古斯汀相同。奥古斯汀是曾经的一名病人，夏科通过公开课让巴黎认识了她：几乎每个星期，她的身体在众目睽睽之下痉挛，挛缩，弯折，反弓，昏厥；其他时候，她坐在床上，神情恍惚，双手伸向天空，对着上帝或是幻想的情人说话。夏科对露易丝十分关注，每星期以她为主角的公开课也非常成功，因此她自认为是新版奥古斯汀。这个念头令她宽慰，让她的囚禁生活和过往记忆不那么痛苦。另外，三个月以来，她还有于勒。这位年轻的实习医生爱她，她也爱他，他将会娶她为妻，带她离开这里。露易丝再也不用害怕：她将要痊愈，她终会幸福。

宿舍里,吉纳维芙沿着仔细对齐的床铺走过,确保秩序和宁静。她注意到露易丝刚回来。假如女总管能有一点同情心,就会发现少女困惑的眼神,以及她抵在两侧髋部的攥紧的拳头。

"露易丝?你去哪儿了?"

"我把胸针忘在食堂了,刚去拿回来。"

"谁允许你独自出去的?"

"是我,吉纳维芙。别说教了。"

吉纳维芙转向苔蕾丝,后者停下手上的针线活,平静地看着她。吉纳维芙露出气恼的表情。

"我再说一遍,苔蕾丝,您是病人,不是医生。"

"我比您手下所有新员工更了解这里的规定。露易丝去了不到三分钟。对不,露易丝?"

"是的。"

苔蕾丝是唯一让老前辈无法反驳的病人。两个女人已经在医院墙内朝夕相处二十年。岁月并没有使她们变得亲近,这是吉纳维芙难以理解的概念。然而有限的空间迫使她们近距离相处,共同面对道德的考验。长此以往,女护士和昔日的妓女之间形成了相互尊重、友好融洽的关系,她们不曾明说,但彼此心里有数。两人找到各自的定位,带着尊严演绎各自的角色:苔蕾丝是疯女人们的知心大姐,吉纳维芙是护士们的领路人。两人经常互相配合：针织姐会告诉吉纳维芙，某个特定的病人一切正常，或者需要特别关注；老前辈告知苔蕾丝夏科的新进展，以及巴黎发生的事情。苔蕾丝还是唯一能让她谈论医院以外其他话题的人，就连吉纳维芙自己都感到惊讶。某个夏日的树荫底下，某个午后骤雨的宿舍角落里，女病人和女总管小心地谈论起她们没有交往的男人，她们不曾生育的孩子，她们不信仰的上帝，她们不惧怕的死亡。

露易丝过来坐在苔蕾丝身边，目光牢牢盯着自己的高帮皮鞋。

"谢谢，苔蕾丝。"

"我不喜欢你跟这个实习医生厮混。他不是个善茬。"

"他会娶我，你知道的。"

"他向你求婚了吗？"

"他打算在斋中舞会上求婚，下个月。"

"我们等着瞧。"

"当着所有女孩。当着所有来宾。"

"你呢，你相信男人的嘴？我的小露易丝……为了得到想要的东西，男人有本事说得天花乱坠。"

"他爱我，苔蕾丝。"

"没有人会爱女疯子，露易丝。"

"你嫉妒我,因为我能嫁给医生!"

露易丝站起身,她的心怦怦直跳,脸颊涨红。

"我会从这儿出去,在巴黎生活,生小孩。但你不能!"

"梦很危险,露易丝。尤其当你的梦依赖于他人。"

露易丝摇摇头,试图忘记刚听到的话,转身离开。她回到自己床上,躺进被子底下,把被子拽上来盖住脑袋。

4
欧也妮

1885 年 2 月 25 日

有人敲卧室门。欧也妮坐在床上，光滑的头发从一侧垂落在胸口。她双手合上书，藏到枕头下面。

"请进。"

仆人打开门。

"您的咖啡，欧也妮小姐。"

"谢谢，路易。放那里就好。"

仆人走上前，脚步在地毯上悄无声息。他把银质小托盘放到床头柜上，在一盏油灯旁边。咖啡壶冒出热气，柔和香醇的咖啡味道使闺房充满香气。

"还需要什么吗？"

"您可以去睡觉了，路易。"

"您也记得休息,小姐。"

仆人退出去,悄无声息地关上门。整个房子的其他人都已进入梦乡。欧也妮将咖啡倒进小杯子,从枕头底下抽出书。四天以来,她等家人和城市睡着,然后开始阅读这部令她震惊的著作。这本书不可能下午时在会客厅里,或者餐馆之类的公共场所被悠闲阅读。光是封面就足以让母亲惶恐,足以遭到陌生人指责。

参加过那场平庸的辩论沙龙(幸运的是父亲没有发现任何端倪)之后,欧也妮满脑子都是福尚家儿子提及的那位作者的名字,第二天便出发去寻找他的著作。她先去了附近几家书店,但是一无所获,接着某位书商告诉她,巴黎只有一个地方能找到那本书:圣雅克街42号的莱马里书店。

欧也妮不想让路易驾车送她,决定独自冒雪前往。她的高帮黑皮鞋踩在人行道的积雪上。走着走着,急促的步伐和寒冷的气温使她脸颊变红,皮肤感到刺痛。寒风吹过一条条大道,行人纷纷低头。她依据书商的指示前行:先是挨着玛德莲教堂,然后穿过协和广场,沿圣日耳曼大道往上,朝着索邦大学的方向。城市一片雪白,塞纳河则是灰色。敞篷马车在积雪的道路上缓慢行进,坐在前面的车夫都把半张脸藏在大衣领子里。沿着塞纳河畔摆摊的旧书商还在寒风中坚持,他们每隔一段时间就换班,轮流去路对面的小酒馆热热身子。欧也妮尽量加快步伐。她戴着手套,将厚外套的下摆尽可能拉到腰间。束身衣让她难受极了。早知道要走这么远的路,真应该把它丢在衣橱里。这件配饰很明显只有一个目的:将女人固定在一种所谓的迷人姿态中,而不是允许她们自由活动!似乎智识层面的桎梏还不足够,必须从形体上限制。人们不禁要想,如果要强加这种程度的障碍,说明男人对女人的鄙视比不上对她们的畏惧。

欧也妮走进小书店的门,室内温度包裹住她,舒缓冻僵的四肢。她感觉脸颊发烫。书店深处,两个男人埋头在一沓沓纸张上,其中一个看上去四十来岁,估计是书店主人,另一个年纪更大,穿着优雅,发际线比较高,蓄着厚厚的白胡须。两人齐声向她打招呼。

乍一看,这家书店和其他任何书店相同,架子上既有珍本旧书,也有新近出版的著作。历经岁月的旧书页颜色泛黄,书架上的木头因为年代久远变成棕褐色,两者的结合让店里充斥着欧也妮最爱的香气。仔细查看架上的著作,便能发现这家书店的独特之处:不同于普通书店常见的小说、诗集、散文集,这里大多是探讨通灵学和神秘学、占星术和秘传宗教、神秘主义和精神领域的书。这些作者的议题在主流以外,他们走得更远,到达鲜有人涉足的知识领域。踏入那个世界令人感到不安,就像是离开传统路径,走进一个不同的宇宙,一个丰富的、迷人的宇宙,它被隐藏起来,销声匿迹,却真实确凿地存在。说实话,这家书店拥有一种禁忌且迷人的气质,正如人们从不谈论的其他现实。

"您有什么想咨询的吗,小姐?"

两个男人在书店深处观察她。

"我想找《亡灵之书》。"

"它们在这里。"

欧也妮走上前。老者的白色浓眉底下,一双眼睛满是褶皱,他向欧也妮投去好奇且同情的目光。

"这是您看的第一本吗?"

"是的。"

"是别人推荐的吗?"

"说实话,并不是。我听到一些思想正统的年轻男子贬低这位作者,于是想读一读。"

"真是个有趣的故事,我朋友听到的话估计会喜欢。"

欧也妮不解地看着他,男人抬手放在胸口。

"我叫皮埃尔-盖坦·莱马里。亚兰·卡甸生前是我朋友。"

出版商注意到欧也妮的虹膜里有一处深色斑点。他先是表现出惊讶,接着微笑说道:

"我想这本书能为您解答很多事情,小姐。"

欧也妮心绪不宁地走出书店。这个地方怪怪的。仿佛书中的内容在墙壁之间沉积了特殊的能量。其次,这两人不像她通常在巴黎遇见的那些男人。他们的目光不一样,完全没有敌意或狂热,反而是和蔼且专注的。他们似乎知道其他人不知道的东西。除此之外,出版商仔细地看着她,似乎在她身上辨识出某样东西,尽管她不知道具体是什么。她感到困惑极了,决定不去多想。

她把书藏在大衣底下,开始原路返回。

卧室的钟显示三点。咖啡壶已经空了,杯底残留着少量冷咖啡。欧也妮合上刚看完的书,但没有放下。她一动不动。安静的卧室里,她听不到秒针的嘀嗒声,也不再感觉到让她裸露在外的冰冷胳膊发痒的鸡皮疙瘩。这一刻很怪异,到目前为止您对世界的认知,您内心最深处的笃信,突然间受到震动,新的想法让您理解另一种现实。她感觉自己之前都在往错误的方向看,从现在起有人帮助她看向别处,那正是她一直以来应当看的方向。她回想起几天前出版商说的话:"这本书能为您解答很多事情,小姐。"她回想起祖父的话,让她不要害怕看见的东西。但是怎么才能不惧怕这么疯狂、这么荒谬的东西呢?她从未设想过会有另一种解释:她的异象只可能是内心错乱的结果。看见死人是精神错乱的明显征兆。这类症状的结局不是去看医生,而是被关进萨尔佩特里尔医院,敢跟任何人提起就会立即被关进去。欧也妮看着手中的书。她等了七年,才等到这些书页向她展示真实的自己。七年,才终于不觉得自己是人群中唯一的异类。对她而言,这些话是有意义的:肉体死后灵魂还在;天堂和虚无都不存在;失去肉身的亡灵指引、守护人们,正如祖父守护她;某些人有能力看见、听见亡灵,例如她。诚然,任何书籍或学说都无法自称掌握了绝对真理。人们能做的唯有尝试解释,以及选择是否接受这些解释,因为人类天然地需要具象事实。

基督教的概念从来不曾使她信服,她不否认上帝存在的可能性,但她更愿意相信自己,而不是一个抽象的实体。她很难设想存在永恒的天堂和地狱,现世生活已经像是刑罚,假如死后还要延续刑罚,她觉得既荒诞又不公正。所以,好吧:亡灵存在,人们与之紧密关联,她觉得不是没有可能;人活在世上是为了修炼道德,她觉得也讲得通;肉体生命结束后,某种东西继续存在,这个念头使她安心,让她不再惧怕生活或死亡。她的信念从未受到如此撼动,她从未感受到如此深切、如此平静的慰藉。

她终于知道自己是谁。

接下来几天,欧也妮内心一直安宁。公寓里,全家人惊讶于小女儿的平静。她每一餐都很安分,以微笑回应父亲的话。欧也妮从未如此乖顺,大家甚至天真地认为,她终于决定成熟起来,决定找一个好人家。然而她悄悄隐藏的秘密从未让她如此坚信自己的选择。欧也妮知道,从现在起,她在这里没有任何事情可做。现在她必须靠近与她想法一致的人们。她应该和他们在一起。她的道路必须在这门哲学中展开。她身上不动声色地发生着变化,促使她思考将来,以及接下来的计划。

来年春天,她要离开这里。

"你这几天很听话,欧也妮。"

祖母躺在床上,头垫着枕头。欧也妮拉拽被子,盖住她纤弱的身体。

"您应该高兴吧。爸爸不再因为我生气了。"

"你看起来若有所思。是不是遇到心动的男孩了?"

"所幸不是男孩让我沉思。您想睡前喝一杯花草茶吗?"

"不了,亲爱的。你坐吧。"

欧也妮坐在床沿上。祖母拉住她的手,握在两手之间。油灯的光芒照亮她们的侧影和卧室的家具,形成明暗对比的皮影戏效果。

"我很清楚,你心里有事情。你可以跟我讲,你知道的。"

"我没有心事。恰恰相反。"

欧也妮向她微笑。过去几天里,她想过吐露秘密。祖母是这个家中最愿意聆听她的人,会尊重她的话,而不是把她当成疯子。她想展示身上的能力,想与人分享至今为止她的所见所感。缄默将变得不那么沉重,她终于可以向某人倾诉烦恼和喜悦。但她克制住了。万一在她吐露秘密时,母亲路过门外听到;万一祖母想阅读《亡灵之书》,不小心把书丢在外面被看到。欧也妮不信任这座房子,害怕隔墙有耳。她将来会告诉祖母,是的,但必须等到她不住这里的时候。

房间里飘来一股淡香水的味道。欧也妮坐在老妇人旁边,认出了这种香味:木质调,无花果树气息,她小时候被祖父抱在怀里,能在他的衬衫上闻到这种独特的味道。少女的呼吸变慢。熟悉的疲惫感一点点占据四肢,她每吐出一口气,体内的精力就随之消减。欧也妮被身体的沉重感弄得精疲力竭,她闭上双眼,再次睁开:他在那里,站着面向她,背靠关闭的房门。她明明白白地看见他,就像看见祖母一样清晰(祖母正在一旁惊讶地盯着她)。她认得他梳到后面的银发,认得他脸颊和额头上的皱纹,认得他雪白的胡须,以及末端用食指和拇指卷出的波浪,认得他搭配了围巾的衬衫领子,认得他的蓝灰色羊绒背心搭配长腿上的条纹裤,认得他常穿的紫红色礼服。他一动不动。

"欧也妮?"

她听不到祖母讲话。脑中响起的是祖父的声音。

"项坠没有被偷。在六斗柜里。下层抽屉底下,右手边。告诉她。"

欧也妮感到虚弱,她将脸转向祖母:老妇人坐直了身体,纤弱的双手抓住她的两条胳膊。

"我的孩子,你到底怎么了?看起来好像上帝在跟你说话似的。"

"您的项坠。"

"什么?"

"您的项坠,祖母。"

少女站起身,拿上油灯,走向红木打造的整木六斗柜。她跪下来,挨个抽出六只沉重的抽屉,小心翼翼地放在地面。她的祖母也起身,在肩上盖了一条披巾。她不敢动,只是看着孙女跪在家具前操作。

"欧也妮,告诉我这是怎么回事。为什么你会提到我的项坠?"

她把柜子抽屉全部取出。欧也妮把手伸到最里面,在底层靠右边摸索。起初什么都没摸到,接着手指滑过一个洞。洞口的大小不足以伸手进去,但足够掉落一个小物件。水平木板老旧受损,她试探性地摸一摸,接着敲了几下:听起来是空的。

"它就在下面。让路易拿铁丝过来。"

"欧也妮,到底……"

"拜托,祖母,请相信我。"

老妇人一脸不安地盯着她看了一会儿,接着走出房间。欧也妮现在看不见祖父,但她知道他仍然在场,他的淡香水气味离柜子更近了。他就在她旁边。

"你可以告诉她,欧也妮。"

欧也妮闭上眼睛,身体昏沉。她听到祖母和路易轻声回到卧室的脚步。门被悄悄关上。路易什么也没问,把铁丝递给欧也妮。她开始操作,展开铁丝,将末端弯成钩状,伸进木板条的洞里。底下还有另一层更厚实的木板,两块板之间有一定空间。她用铁钩轻轻试探,一点一点仔细排查。

终于,她碰到了什么。她用手指小心地按住铁丝,将它拧成水平。她听到铁丝顶端的套圈和链子摩擦的声音。欧也妮心跳加速,拿临时制作的工具在目标周围绕圈,试图用钩子勾住找到的东西:她知道那就是项坠。几番操作之后,她抽出细长的灰色铁丝,末端紧紧钩着什么东西。走出黑暗,重见天日,钩子上缠绕着一串金链子,底下挂着镀金项坠,欧也妮把它递向祖母。自从丈夫去世之后,老妇人从未如此激动,她抬手盖住嘴巴,忍住了呜咽。

欧也妮的祖父母相识那天,他发誓要娶她为妻。那一年他十八岁,她十六岁。早在结婚之前,他交给她一件传家宝作为定情信物:一枚椭圆镀金项坠,边缘装饰着珍珠,底色为午夜蓝。项坠中心是一幅细密画,表现的是一位手持水壶的女子在河边汲水。吊坠背面的玻璃部分可以打开,他在里面放了一缕自己的金发。

祖母每天早晨都把它戴在脖子上,雷打不动:从她收到项坠的那天,戴到两人结婚,又从独生子出生的那天,戴到孙子孙女出生。但是婴儿时期的欧也妮对吊坠很好奇,喜欢伸出小手,把它拽向自己。祖母担心孩子终有一天弄坏吊坠,于是就收在六斗柜的最后一只抽屉里,心想着等欧也妮长大一些再拿出来戴。当时全家也住在奥斯曼大道,就在如今的公寓里。她的丈夫和儿子都是公证人,她和儿媳一起照看孩子。某天下午,她们两人带着小男孩和女婴去了蒙梭公园,家里新雇的仆人趁此机会把克莱里公寓洗劫一空:银器,手表,珠宝,所有值钱的东西。傍晚回来,两个女人惊恐地发现家里遭了贼。柜子抽屉里的吊坠不见踪影。祖母以为它和其他东西一起被偷走了,哭了一星期。接下来的岁月里,她经常满怀惋惜地提到这条项坠。丈夫去世之后,她更是无比怀念它。项坠不单是一件首饰,而是与她共度一生的男人给她的第一件定情信物。

然而,它就在那里,被遗忘在六斗柜的两层木板之间。十九年前,仆人在疯狂洗劫的时候,由于担心主人随时回家,他火急火燎地打开抽屉和家具,看到什么拿什么,把赃物一股脑儿塞进布袋子,从这间屋子跑到那间。在祖母卧室里,他拉开抽屉的动作太猛,导致最里边的项坠被弹出抽屉,掉落进底下木板条的洞里。之后它一直藏在那里。

城市已经入睡。卧室里,路易帮欧也妮一起,将厚重的抽屉逐个归位。他们没有交谈。老妇人坐在床上,一边盯着项坠,一边轻柔地抚摸它。

最后一只抽屉摆好,路易和欧也妮站起身。

"谢谢,路易。"

"晚安,女士们。"

男人悄无声息地退下。路易在他们遭劫的几天后来到克莱里家。他们不敢轻易相信任何人,好几个月的时间里,全家都在仔细观察新仆人的一举一动,生怕他也背叛他们。几个月逐渐变成几年,路易留了下来。他谨慎且忠诚,不多看一眼,不多说一字。有些布尔乔亚认为,一部分人天生适合侍奉另一部分人,路易这样的仆人能够佐证他们的观点。

欧也妮过来坐在祖母身边。卧室里,祖父的淡香水气味已经消散。如果不是因为身体依旧沉重,她还以为他已经走了。通常而言,每当他们离去的时候,欧也妮就会恢复活力,仿佛他们将借走的精力重新还给她。但此刻她的肩上依然沉重,她继续坐着,双手撑着床沿。

相邻的房间里,其他人还在睡觉。所幸刚才的翻箱倒柜并没有吵醒房子里的其他人。

老妇人低头端详吊坠,深吸一口气,决定开口。

"你怎么知道的?"

"我有预感。"

"别撒谎了,欧也妮。"

欧也妮惊讶地看到这张生气的脸庞盯着自己。祖母的目光中没有往日的温柔和蔼,这还是她第一次遇到。重要的是,她在这张脸上看到了父亲的影子。那个男人和他母亲拥有相同的责备神情:严厉得能当场摧毁对方。

"这些年我一直观察你。我什么都没说,但我看得见:你有时会望向不存在的东西。你呆住不动,仿佛有人在身后对你说话。刚才又发生了,你浑身不能动弹,接着你突然像魔鬼附身似的倒腾家具,找到我追忆二十年的珠宝。别跟我说这只是你的预感!"

"我不知道还能告诉您什么,祖母。"

"真相。你身上有某种东西。我是这个家里唯一看到你真实面目的人。这你肯定知道。"

欧也妮目光下垂。她的手指抵在髋部,揪住自己的淡紫色羊毛绉纱裙反复揉捏。淡香水的味道再次出现,仿佛祖父只是暂时离开,等到屋里情绪变得激动,谈话需要他的出现,他又回来了。这次他坐在欧也妮右边。她感觉到他纤细修长的身形,感觉他的肩膀几乎碰到她的肩膀,她看见他弯折的双腿靠在床沿上,看见他布满皱纹的修长双手放在大腿上。她不敢转头看他。他以前从来不曾离她这么近。

"告诉她,我在守护她。"

欧也妮犹豫地摇摇头,手中的裙子抓得更紧。她担心接下来会怎样。这就像让她在光天化日之下打开一只不知深浅的盒子。别人期待她做的不是袒露心扉,而是忏悔罪恶。祖母要求她坦诚,可她还没有完全准备好。但假如欧也妮不说清楚,祖母不会放她离开。所以怎么说呢,讲真话还是编故事?真相往往不如谎言。再说,人们权衡的并不是真相与谎言,而是它们各自的后果。对于欧也妮而言,她最好保持沉默,即便辜负祖母对她的信任,也不能在父亲的屋檐下揭露秘密,再希冀不引起一场风暴。

但她太累了。这些年来一直压抑异象,让她心力交瘁。她最近得知的一切既让她欣慰,又让她负担更多。今晚,项坠被找回,老妇人有理由坚持要一个解释,她疲惫不堪,所有这些击垮了她的防线。她看着祖母,深吸一口气,开始解释。

"是祖父。"

"……你什么意思?"

"您会觉得这很荒唐,我明白。但祖父就在这里,坐在我右边。他不是我想象出来的,我能闻到他的淡香水,我能看见他,就像看见您一样,而且我的脑子里能听见他对我说话。是他告诉我项坠在哪里。是他刚才对我说,他在守护您。"

老妇人突然眩晕,感觉脑袋要往后倒。欧也妮抓住双手把她拉回来,直直看着她的眼睛。

"您想要真相,我就告诉您。我从十二岁开始就能看到祖父。他和其他人。已故的人。我从来不敢说,害怕爸爸把我关进疯人院。今晚我告诉您,是因为对您的信任和爱,祖母。您看到我身上有东西,一点没错。每次您发现我眼神变得不同,我确实看到了别人。我并不痛苦,我没有患病,因为不止我能看见他们。还有其他人跟我一样。"

"可是怎么……你怎么知道……这怎么可能?"

欧也妮没有松开祖母纤弱的双手,直接跪在她面前。她不再担心。从现在起,她带着专属于她的自信讲话,一边坦白,一边重拾希望和乐观,直至脸上露出微笑。

"我最近读了一本书,祖母,一本神奇的书。它为我解释了一切。亡灵绝非无稽之谈,亡灵存在,也在我们身边出现,有些人能充当媒介的角色,还有许多其他内容……我不知道为什么上帝让我成为其中一员。多年来我一直隐藏这个秘密。这本书向我揭示了真实的自己。我终于可以确定,我没有疯。您相信我吗,祖母?"

老妇人的脸完全惊呆了。很难判断她是想逃离刚才听到的一切,还是想将孙女拥入怀中。至于欧也妮,坦白之后,她开始感到不安。人们永远不知道吐露秘密是不是正确的选择。诚实的时刻在当下是令人宽慰的,但很快就变成懊悔,因为说出秘密而自责,怎么能为了一时的不吐不快就放弃抵抗,将自己的秘密托付给他人。这种懊悔让我们发誓,将来再也不犯。

但是欧也妮惊讶地看到,祖母俯身靠近,张开双臂拥抱她。老人脸上沾满泪水,紧紧贴在她的脸庞。

"我的小孙女……我一直都知道,你身上有异于常人的东西。"

二月最后几天平淡地过去。那晚过后,两个女人再也没有谈起发生的事情。仿佛她们的交流只属于那个夜晚,不应当再次提及,以免它真的成形,变得具象。对两人而言都是如此。在欧也妮看来,这场坦白让她更加平和。但是那晚之后,她总感到一股挥之不去的不安。她解释不清。然而祖母丝毫没有变化,无论态度还是眼神。老妇人每晚仍然让她来掖被子,并且不再追问。她完全没有好奇,这让欧也妮感到震惊。她以为祖母会询问丈夫造访的细节,甚至会要求与他对话,至少听一听他有什么话想转告她。但是没有。祖母选择无动于衷。仿佛害怕了解那个世界的事情。

三月来临,最早的几束阳光照进宽敞的会客厅。家具的清漆木面,地毯的鲜艳色彩,画框的包金涂层,似乎都在这适时到来的柔和光线下重焕生机。巴黎的积雪几乎融化。公园草皮上,平行侧道边,还能看到小堆的残雪。城市似乎卸下了负荷,看到晴空万里、街道清爽,巴黎人重新展露笑颜。就连一向严肃的克莱里先生,今早的情绪也变得温和。

"趁着太阳这么好,我想咱们去一趟默冬。我需要取回一些东西。你觉得怎么样,泰奥菲勒?"

"当然……"

"你呢,欧也妮?"

欧也妮被这声亲切的招呼吓了一跳,正在喝咖啡的她抬起头来。全家坐在桌边享用早餐,母亲默默涂一片黄油面包,祖母就着油酥饼喝红茶,父亲正在品尝煎蛋卷,只有泰奥菲勒没有碰桌上的食物。他眼睛低垂,看着杯中的冷咖啡,双手放在大腿上,下颌收紧。他的红棕鬈发被身后窗户透进来的一缕阳光染成紫红色。

欧也妮用询问的眼神看着父亲。一家之主通常不会带女儿出门,他只带泰奥菲勒。但是,餐桌那头的父亲平静地看着她。或许最近这段时间父女没有冲突,使他性情变得温和。或许他现在感觉女儿变得温顺,正如他一直希望的那样,所以他愿意屈尊跟她讲话了。

"去户外散散步,对你大有好处,欧也妮。"

餐桌对面,祖母点头鼓励她,食指和拇指捏住陶瓷茶杯的杯耳。欧也妮原本打算再去一趟莱马里书店,她决定问问他们是否考虑招人整理图书,帮忙出版《通灵杂志》,甚至是打扫卫生——随便什么工作,只要能给她一个出口。看来她的出行计划必须推迟到明天了。很显然,她不可能拒绝父亲的提议,说自己得去一家秘传知识的书店。

"我很乐意,爸爸。"

欧也妮又喝了一口咖啡。父亲的好心情让她既惊讶又愉快。她没注意到,在她右手边,母亲用餐巾边角擦拭脸颊上的一滴眼泪。

马车沿着塞纳河前行。一条条道路上,马蹄有节奏地敲打路面。人行道上,头戴大礼帽或者花饰帽子的路人络绎不绝。成双成对的身影仍旧裹着保暖的大衣,在河畔或者河流王冠似的桥上闲逛。车窗这侧,欧也妮观察万物复苏的城市。她感到心绪宁静。蓝灰色的屋顶上方晴空万里,她临时跟父亲和哥哥一起出门,河对岸的新生活在向她招手,这些念头使得她的路途十分惬意。她终于找到了自己的位置。没有受人强迫。这是她的小小胜利,既令她兴奋,同时让她感到安心:内心的胜利无法与人分享,因此她只字不提,也不露痕迹。

欧也妮脸朝窗外,没能看到坐在右边的哥哥忧心忡忡的样子。泰奥菲勒也在看这座城市。他们每经过一个街区,就离目的地更近一步。左手边,刚路过市政厅;现在对面能看见圣路易岛;过了叙利桥,车子会沿植物园前进,然后就到达了。泰奥菲勒抬起紧握的拳头挡在嘴边,瞥一眼父亲。他坐在两个孩子对面,手杖笔直地杵在两腿之间,双手搭在杖柄的圆头上,脸庞始终低垂。他感觉到儿子用目光喊他,但不想回应。

但凡欧也妮从自己的思绪中抽身片刻,她就会发现自打离开住处,狭小沉闷的车厢里气氛一直阴沉严肃;她就会在不经意间发觉兄长脸色阴沉,父亲神态僵硬;她会惊讶地想,怎么一趟离开巴黎的简单出行能让他们情绪如此紧张;她还会发现路易没有沿着平常的路径,他没有往卢森堡公园走,而是沿着植物园,去往医院大道的方向。

马车突然停下,欧也妮这才从昏沉中惊醒。她转向父亲和哥哥,意外发现他们的眼神不同于平常:既有严肃,又有担忧。没等她开口,父亲的声音先响起。

"我们下车。"

欧也妮一头雾水,跟在哥哥身后下车。脚踩到地面,她抬眼看向停车点前方的威严建筑。敞开的拱形门两侧,两根石柱从墙面凸出来,顶端石块上雕刻的文字是"自由/平等/博爱"。中间是白底黑字的大写字母:萨尔佩特里尔医院。拱孔之下,远远能看见石块铺路的小径尽头,矗立着一座更具压迫感的宏伟建筑,仿佛吞没了周围所有空间。上面的圆屋顶颜色乌黑,造型庄严。欧也妮感到一阵恶心。她还没来得及转身,就感觉到父亲的手抓住她的胳膊。

"不要争辩,我的女儿。"

"父亲……我不明白。"

"你祖母全都告诉我了。"

少女一阵眩晕。她的两条腿支撑不住体重,这时她感觉到更温柔的另一只手,哥哥的手,抓住她另一条胳膊。她抬头看向父亲,张嘴想要说话,却发不出声音。父亲平静地看着他,这种平静比他平日里对待她的刻毒态度更让她恐惧。

"你别怪祖母。她守不住这个秘密。"

"我说的是真话,我向您发誓……"

"真假并不重要。你跟她讲的那些事情不能在我的屋檐下存在。"

"我求求您,把我赶出家门,把我送到英国去,随便哪里——只要不是这里。"

"你是克莱里家的人。无论你去到哪里,都无法改变姓氏。唯有在这里,你才不会玷污克莱里家的名声。"

"爸爸!"

"够了,住嘴!"

欧也妮惊恐地看向哥哥,在红棕色的头发下面,他的脸比以往任何时候更苍白。他收紧下颌,不敢看妹妹。

"泰奥菲勒……"

"抱歉,欧也妮。"

在他身后,欧也妮看到路易在铺砌石块的小广场上望风:他坐在车夫的座位上,低着头不往这边看。少女感觉被人推向医院高墙之内。她想反抗,但是做不到。明知道斗争毫无作用,她的身体已经放弃。两条腿再次瘫软下去,两个男人用更大的力气抬着她前进。最后一次尝试,她双手抓住父亲和哥哥的外套,用一种被剥夺了全部希望的虚弱声音说道:

"我不要……求您了……不要送到这里……"

接下来她任由人拖拽。中央过道的两旁长着叶子掉光的树,欧也妮一路被抬进去,高帮皮鞋敲打铺在路面上的石块。她头往后仰,特意为今天出门而准备的花饰帽子掉落在地。欧也妮面朝蓝天,感觉阳光照得她睁不开眼,轻柔地抚摸她的脸颊。

5

1885 年 3 月 4 日

在高墙的另一边,宿舍里洋溢着节日气氛:舞会服装已经送达。床铺之间逐渐浮现非同寻常的躁动:人们兴奋,欢呼,冲向宿舍门口被划开的纸箱子,一双双疯狂的手伸进织物里,抚摸裙子褶边,指尖轻抚花边。大家满脸惊叹地看到织物的色彩,挤在一起挑选称心的物件,选好衣服的人纷纷穿在身上炫耀,一会儿这里咯咯地乐呵,一会儿那边放声大笑。突然之间,这里相比于疯人院,更像是正在为盛大晚会选择衣着服饰的女人们的卧室。每年都是一样的群情激昂。四旬斋中舞会,或者巴黎布尔乔亚口中的"疯女人舞会",不仅是三月的重头戏,甚至也是全年最重要的活动。舞会之前的几星期,大家脑子里只有这一件事。疯女人做梦都在想着首饰、乐队、华尔兹、灯光、眼神交错、满心欢喜，以及掌声。她们想象着前来参加舞会的宾客，巴黎精英阶层很高兴能近距离接触疯女人，而她们很高兴终于能在几个钟头的时间里被人看到。提前两三星期送达的舞会服装彻底激发起宿舍里的热情气氛。舞会非但没有刺激病人们脆弱多变的神经，反倒成为她们一年到头情绪最平和的时期，终日守在烦闷的高墙之内，现在总算有了消闲解闷的事情。她们忙着缝衣，修改裙褶，试穿鞋子，寻找合适尺码，相互帮忙穿裙子，在床铺之间的过道走秀，拿窗玻璃当穿衣镜试戴帽子，相互交换配饰。忙于这些准备工作的时候，没人注意到蹲在宿舍角落的老人、虚弱卧床的抑郁病人、不愿加入节日气氛的闷闷不乐之人，还有些找不到心仪装扮所以嫉妒别人的姑娘。最重要的是，大家忘记了烦人的心事、身体的病痛、瘫痪的肢体，忘记了把她们关进疯人院的人，忘记了不知道现在长相如何的亲生子女，忘记了其他人的哭泣、大小便失禁者的尿味、时而响起的哭喊声、冰冷的瓷砖、无尽的等待。想到即将到来的化装舞会，她们的身体状态更稳定，面容也更平和。终于有一件值得期待的事情。

宿舍到处充斥着躁动的气氛，护士们身穿洁白的工作服穿行其中，防止舞会服装让病人兴奋过度：如同国际象棋的白色棋子，她们在瓷砖网格上来回移动，时而横向前进，时而顺着对角线。吉纳维芙站在一旁监督衣服顺利分发，像王后棋子一样站得笔直。

"吉纳维芙夫人?"

女总管转头,身后是卡米尔。又来了。她的赤褐色头发真该好好梳一梳,而且她应当穿暖和些:她身上只套了一件轻薄的晨衣。吉纳维芙伸出手指表示拒绝。

"卡米尔,不行。"

"一点点乙醚,吉纳维芙女士。行行好。"

女人的双手在颤抖。护士在她发病时用过一回乙醚,从那之后卡米尔不停要求更多。那次发病相对比较猛烈,似乎没有办法让她停止。实习医生给她用了稍微高于正常剂量的乙醚。结果卡米尔一会儿呕吐,一会儿晕厥,直到五天之后才恢复正常,此后她就开始要求更多剂量。

"上次露易丝就有,为什么我不行?"

"露易丝发病了。"

"我后来又发病过几次,但您没给我用!"

"你这回不需要,很快就恢复了。"

"那能不能给我点氯仿?求您了,吉纳维芙女士……"

一名实习医生步伐匆匆地从走廊进来。

"吉纳维芙女士,门口有人找您。新病人。"

"我这就来。卡米尔,选件衣服去吧。"

"我一件都不喜欢!"

"那没办法了。"

医院门口,两名医生接过欧也妮已经昏厥的身体。父亲和兄长在旁边迅速瞥了眼陌生的场景。对于初次前来的访客,令人惊奇的并非略显狭窄的接待处,而在于对面的走廊,也就是吉纳维芙来时的路:深不见底,无穷无尽,仿佛能把人吸进去、不知通往何方的巨大隧道。高跟鞋的脚步声在穹顶天花板底下回响。远处传来女人的呻吟,但是人们不愿意仔细听:倒不是出于冷漠,而是因为软弱。

搀扶欧也妮的其中一位医生请示吉纳维芙:

"把她放在宿舍?"

"不行。那边太闹了。带她去单间,老地方。"

"好的。"

泰奥菲勒身体僵直。他看着妹妹昏迷的身体——他在父亲施压之下强行拖拽直至昏厥的这具身体——被陌生人带进深不见底的走廊,通往没有生气的医院尽头。她的褐色脑袋往后仰倒,跟随医生移动的节奏左右摇晃。不到一小时之前,她还跟他们坐在桌边安心吃饭,她没想到自己的上午居然在这里终结,像个普通疯女人一样来到萨尔佩特里尔医院。她可是欧也妮·克莱里,是他的妹妹。兄妹俩从不亲密,确实。泰奥菲勒虽然不爱她,但他尊敬妹妹。看到她这副样子,像个笨重的袋子被人抬走,被最亲的家人欺骗,从自己家里被带走,落到这个该死的地方，巴黎中心的女性地狱，此情此景让他受到前所未有的打击。他感觉胃部猛烈收缩，急忙跑出去，留下父亲窘迫地待在原地。他向吉纳维芙伸出手。

"我是弗朗索瓦·克莱里，病人的父亲。请原谅我儿子，我不知道他怎么回事。"

"我是格莱兹女士。请跟我来。"

简朴的办公室里，弗朗索瓦·克莱里坐在椅子上，用羽毛笔签署文件。他的大礼帽放在桌上。房间只有一扇窗户，许多年前就被封死，但是日光能透进来。窗玻璃和地板瓷砖之间，灰尘在一束阳光的中心打转。办公桌和衣橱底下堆积着白色或灰色的毛絮球。衣橱门开着，数百份纸张和卷宗几乎漫出来。房间里有一股腐木和潮湿的气味。

"您希望我们为您女儿做什么？"

吉纳维芙坐在他对面，观察今天把自己女儿关进疯人院的男人。弗朗索瓦·克莱里停下手中的笔。

"说真心话，我不期望她能痊愈，神叨叨的念头无法医治。"

"您女儿之前发过病吗？比如发热、昏厥、挛缩？"

"没有。她是正常的……只不过，就像我跟您说的那样，她声称看得见死人，而且很多年了。"

"您认为她说的是真话吗？"

"我女儿虽然有缺点……但她不会撒谎。"

吉纳维芙注意到男人手心潮湿。他把羽毛笔搁在纸上,胳膊伸到桌面下方,用长裤擦手掌。他的西装纽扣似乎勒得蛮紧。灰白的小胡须下面,嘴唇在颤抖。身为知名公证人,他向来沉着冷静,很少遇到需要刻意保持镇定的情况。这座医院的高墙让任何来访者心神不宁,首当其冲的便是把女儿、妻子、母亲送来的男人。吉纳维芙见过无数男人坐在眼前这把椅子上:工人、花商、教师、药剂师、商人、父亲、兄弟、丈夫。如果不是因为他们的积极性,萨尔佩特里尔医院或许不会有这么多病人。当然也有一些是被女人带来的,主要是被婆婆,其次是母亲,有时是姨母或姊姊。但绝大多数病人是被同姓的男人送来的。最不幸的命运不过如此:失去丈夫或父亲,意味着失去所有支持,再也没人关心她的存在。

今天的情况之所以令吉纳维芙感到惊讶,原因在于对面男人的社会阶层。通常而言,布尔乔亚不能接受把妻子或女儿送进疯人院。倒不是他们的道德标准更高,认为强行囚禁妻子是不道德的行为。真正的原因在于,如果家人住进疯人院的事情在沙龙里传开,这有损于男主人的名声。布尔乔亚女性一旦在水晶吊灯底下表现出一丁点精神紊乱的迹象,很快就会成为特别照顾的对象,被关进房间软禁起来。公证人把亲生女儿送进萨尔佩特里尔,这种情况比较罕见。

克莱里先生把签好字的文件递给吉纳维芙。她瞥一眼资料,然后看着男人。

"我可以问您一个问题吗?"

"请问。"

"既然您不期望她被医治,为什么要把女儿送来呢?这里不是监狱。我们的工作目标是治愈病人。"

公证人思索了一会儿。他从椅子上站起身,毅然决然地拍拍大礼帽的灰尘。

"一个人如果能跟死人对话,肯定与魔鬼有关。我不想这种事发生在我家。对我而言,女儿已经不存在了。"

男人向吉纳维芙致意,接着离开房间。

傍晚来临,医院的公园一片安静。它和巴黎其他公园一样,只不过女人更多。冬天,她们裹上厚重的羊毛毯或者带风帽的斗篷,独自一人或者成双成对,沿着石块铺路的公园小径散步,步伐缓慢单调,即便手指冻僵也要享受户外的时光。天气晴朗的时候,草皮和树叶都恢复了生气。有些疯女人面向太阳闭目养神,裙子铺展在草地上,有些丢面包屑喂鸽子,其他人没兴趣喂这些脏东西,远离人群跑去树底下,谈论不敢在宿舍里讲的话题。在监管者看不见的地方,她们互相倾诉,互相安慰,互相拥吻,在手上,在嘴唇上,在脖颈上;互相抚摸脸庞、胸脯、大腿；听着小鸟叽叽喳喳，互相交换关于出院之后的誓言：因为这里只是暂时的，不对吗？她们的生命不会永远在这里度过，这不可能，总有一天门口的黑色铁栅栏将会打开，她们就能离开医院，像过去那样走在巴黎街头……

距离树荫遮挡的小径不远处，一座教堂守护着公园和散步者。与医院其他楼宇相比，这座神圣的建筑更宽也更高，十分气派。走到哪里都能看到它的黑色穹顶，以及顶上的小尖塔：无论是站在公园小径的拐角，还是从窗户往外看，目光越过翠绿的树顶，礼拜堂总在那里，仿佛亦步亦趋地跟随您，庄严而厚重，怀揣人们的祈祷、忏悔和弥撒。

吉纳维芙从未踏入过礼拜堂的紫心木大门。每次穿过庭院去往医院的不同分区，从大石头旁边走过时，她的内心毫无波澜，有时心生鄙夷。由于出生在天主教家庭，童年时期的吉纳维芙每到礼拜天都被迫前往教堂，她总是不屑地背诵祷文。自打记事开始，她厌恶一切直接或间接与教堂相关的东西：硬实的木头长凳，十字架上垂死的基督，大人执意塞进她嘴里的圣餐，信徒祈祷时低垂的头，如同养生粉剂般撒给众人的警句。神父戴上帽子往祭台上一站，整个市镇的人就得听他的。人们为十字架上受刑的男人哀泣，向他父亲祈祷，这个抽象身份的存在还有资格审判世人。真是可笑的概念。好一出滑稽的戏码，她在心里直呼荒唐。金发女孩在其他方面足够乖顺，她对教堂的本能反叛之所以没有表达出来，唯一原因在于父亲。作为十里八村受人尊敬的医生，如果长女不肯去做弥撒，做父亲的也会被人诟病。教堂对于乡村生活十分重要，比城市更甚。小村小镇，人人都互相认识，特立独行的思想根本行不通，周日上午留在家里是不可想象的事情。况且还有布朗迪娜。妹妹小她两岁，是个肤色白皙的小姑娘，发色棕红，身材纤瘦。跟姐姐不同，她是极为虔诚的信徒。姐姐暗暗憎恶的一切，布朗迪娜却很喜欢。仿佛两人份的信仰集中在妹妹身上。看到她小小年纪就如此虔诚，姐姐决定将自己的感受埋在心底。她爱妹妹，甚至敬佩她的虔诚，尽管她自己做不到。相信上帝对她而言是更简单的选择。她觉得自己被边缘化，却又必须三缄其口，由此产生的内心愤怒让她感到疲惫。矛盾的是，布朗迪娜对上帝的爱似乎使她更成熟。吉纳维芙观察到这一点，于是试着改变思维，逆转想法，强迫自己接受信仰，但一切都是徒劳。她非但接受不了，反而越想越笃定：上帝不存在；教会只是骗局，神父都是伪君子。

隐忍的怒火从童年开始伴随她成长，布朗迪娜的突然离世让它翻了十番。那年吉纳维芙十八岁。她青少年时期作为助手跟随父亲出诊，自然而然把成为护士作为职业理想。她身材高挑，步伐自信，脸形方正又傲气，每天将金发梳成高发髻。一双慧眼能准确诊断任何病痛，甚至经常比父亲更快，后来很多病人干脆直接请她来看。她读完并掌握了家中能找到的全部医学书籍,在这些书里,她终于找到了信仰。她相信医学,崇尚科学。这就是她的信念所在。她很确信自己会成为护士,但不是在奥弗涅:她梦想去巴黎。那里有了不起的医生们,有最前沿的科学,她必须去。吉纳维芙的野心战胜了父母的犹疑,她花光积蓄搬到首都。刚过几个月,父亲来信告诉她,布朗迪娜"患上了严重的结核病",不幸离世。吉纳维芙读信时人在住所,也就是她一直住到今天的朴素房间。她松开信纸,昏倒在地。傍晚醒来,她哭了一整夜。可以肯定,上帝不存在。假如真有上帝确保世间的公正,他不会让年仅十六岁的虔诚信徒死去,却允许拒不承认他的蔑视宗教者留在世上。

从那开始,吉纳维芙决定用尽一生照料他人,尽其所能为当代医学的进步贡献一份力量。她敬仰医生,甚于任何圣人。她在医生身边找到了自己的位置,虽然不起眼、不突出,但不可或缺。由于她工作出色、精准细心、头脑聪慧,吉纳维芙赢得了这些男人的尊重。她逐渐在萨尔佩特里尔医院获得声望。

吉纳维芙没结过婚。在她到达巴黎两年后,曾经有一位年轻医生向她求婚,结果被拒绝。随着妹妹的离世,她身上有一部分已经死去。内心的幸存者负罪感阻拦她接受生命的馈赠。她已经有幸从事热爱的职业,没有资格渴望更多。既然妹妹没有机会成为妻子或母亲,吉纳维芙也不允许自己结婚生子。

女总管将钥匙插进锁孔。寒冷昏暗的小房间里,欧也妮背对她坐在床边的椅子上,胳膊交叉在胸前,细软的褐色长发垂在背后。她一动不动地盯着房间角落,对开门的声音毫无反应。吉纳维芙打量了一会儿新来的疯女人,不确定她的性情如何。接着她走上前,把托盘放在床上:一碗汤,两片干面包。

"晚餐来了。欧也妮?"

欧也妮没动。吉纳维芙犹豫要不要靠近她,最终谨慎起见,她决定回到门口。

"你今晚待在这个房间,明天到食堂吃早饭。我叫吉纳维芙,是这个病区的管理者。"

听到吉纳维芙的名字,欧也妮回过头,带着阴郁的眼神和黑眼圈打量她,然后平静地微笑。

"您真客气,夫人。"

"你知道自己为什么在这里吗?"

欧也妮盯住不敢离门太远的金色发髻女子。她想了一会儿,低头看鞋。

"我不怪祖母。归根结底,她无意之间解放了我。我再也不用藏着掖着,现在所有人都知道我是谁。"

吉纳维芙凝视年轻女子,手还停留在门把手上。她不习惯听到疯女人如此清晰明了地讲话。欧也妮坐在椅子上,胳膊依然交叉放在胸前,她微微前倾,仿佛疲倦突然袭来。过了一会儿,年轻女子再次抬脸望向吉纳维芙。

"您要知道,我不会在这里久留。"

"这可由不得你。"

"我知道。由您决定。您会帮助我。"

"好了,我们明天来找你……"

"她叫布朗迪娜。您的妹妹。"

吉纳维芙握紧门把手。她愣在原地,忘记了呼吸,过几秒钟才缓过来。欧也妮平静地看着她,疲倦的脸上依然保持温和的微笑。吉纳维芙在这个女疯子面前僵住。欧也妮的衣着优雅整洁,一看就知道她家底很好。吉纳维芙突然觉得她像个女巫,没错,这个褐色长发的女人完全符合昔日女巫的形象:外表魅惑,内心败坏。

"住嘴。"

"她头发是红棕色的,对吧?"

昏暗的房间里,欧也妮似乎在看其他东西:她盯住一个点,位置就在吉纳维芙身后。女总管感觉体内有一道电流通过全身。仿佛一股寒气侵入身体似的,她胸口开始颤抖,而且愈演愈烈,直到整个胸腔和双臂都开始晃动。身体本能做出反应,仿佛不受她控制,两条腿原地调转方向走出房间,慌乱的双手用力锁上门,身体在空走廊里后退几步,随即放弃,向后倒在冰冷的瓷砖上。

吉纳维芙回到住处,进门时钟面显示九点钟。迷你公寓沐浴在幽暗的光线里。她一边缓缓往前走,一边机械地脱下外套搭在椅背上,接着她坐到床上,床架轻轻嘎吱一声。她两只手抓住床垫边沿,仿佛担心自己再次瘫倒。

她说不清过了多久才从瓷砖上站起身。往后摔倒之后,她盯着刚被自己关上的门,眼里满是惊愕和恐惧。这扇门后刚刚发生了阴暗且无法解释的事情。她无法清楚地分析发生了什么。恐惧使她瘫倒在地,阻碍她冷静思考。此刻她脑海里只有欧也妮的脸庞:这张迷人的脸让人丝毫不去怀疑它背后似乎隐藏的邪恶。新来的疯女人耍了她,一个精明的、邪恶的把戏,仅此而已。新来的想嘲弄她,试图让她心神不宁,尽管女总管不清楚她是如何完成骗局的。从这个角度来看,她比病区其他女疯子更危险。别人说到底只是可怜的疯子,更多是精神紊乱,本质并不坏。欧也妮与之相反,头脑精明而且无耻。这两样结合起来很危险。

吉纳维芙最终恢复力气起身,步履蹒跚地离开已经入睡的医院。她先是沿着大道往上走,然后右转,看到高于其他房顶的先贤祠穹顶。接着她慢慢往下走,路过一个个热闹的小酒馆,再沿着植物园继续往前。十几年前的巴黎公社期间,饥饿的市民被迫杀死植物园的食草动物，以便食用它们的肉。从那之后，人们再也没听到植物园的栅栏后面传出野兽叫声。借由铺石路面的小街道，她一直走到先贤祠背后，然后绕过它，最终到达住所。

吉纳维芙没有脱工作服，和衣躺到床上，蜷缩双腿。她感觉身体沉重，思绪混乱。尽管她努力安慰自己，却仍然是徒劳，那间屋子里确实在短短的时间内发生了许多事情：不同寻常的事情。她从未体验过这种被情绪占据的感觉。为数不多的情绪强烈的经历里，她至少有能力分析自己的感受。当妹妹和母亲先后去世，她沉浸在哀伤中。当她被神似妹妹的女疯子扼住喉咙，她感受到背叛和忧伤。然而今晚，她徒劳地尝试定义自己的感受，唯独知道当时呼吸困难。她解释不通欧也妮的话，但它仿佛打开了一扇门，通往一个陌生、少见、令人不安的世界。吉纳维芙所受的教育基于笛卡尔理性主义和科学逻辑，她没有准备好理解"与死人对话"的真正内涵。她不希望再想这些。她希望忘记今晚。没过多久她已经睡着，甚至懒得点燃暖炉加热房间。

深夜，吉纳维芙猛然惊醒。仿佛出于本能，她在床上坐直身体，退到背靠墙壁，心跳似乎快要停止。她环视昏暗的房间。刚才有人碰她肩膀。一只手伸过来摸了她的肩膀，她可以确定。她的眼睛适应了幽暗的光线,逐渐辨认出家具、阴影、天花板。屋里没有人,房门上了锁。但是,她感觉到了。

她抬手摸脸,闭上眼睛调整呼吸。窗外,城市一片宁静。楼里也没有声响。时钟显示凌晨两点。她下床穿件披肩,点亮油灯,坐在小木桌前。接着拿起一张纸,羽毛笔尖蘸点墨水,急忙写道:

巴黎,1885 年 3 月 5 日

我的小妹妹:

我急需给你写信。现在是凌晨两点,我睡不着。不对,应该说我已经睡着,但又醒了。我想相信这是梦,但刚才的感觉太真实,不像是梦。

你一定想问我在讲什么。我不确定能不能向你解释我今天的经历。夜已深,可我心情太乱,理不清思绪。

如果你觉得这封信模糊或者疯狂,请原谅我。

等我休息充分,头脑清醒,明天一定给你详细讲讲。

我亲切地拥抱你。

想念你的姐姐

吉纳维芙放下羽毛笔,单手把信举到灯光里再读一遍。短暂思索过后,她离开座椅。沿着窗外的锌皮屋顶,一个个烟囱在天幕下勾勒出剪影。夜空清朗,月亮的光晕照亮城市上空。吉纳维芙打开窗户。夜晚的寒气扑面而来。她上前一步,闭眼深吸一口气,然后吐出去。

6

1885 年 3 月 5 日

钥匙摩擦锁孔的声音吵醒欧也妮。她猛地起身来到床尾，目光环视房间。过了一秒钟，她这才想起来自己身在何处：疯女人医院。她被家人欺骗，成为新来的疯女人。小时候带着敬畏之心亲吻的那只手亲自把她拖到这里。

她转头望向打开的房门，脖子一阵疼痛。她咧着嘴抬起手，越过肩膀去摸。床比较硬，没有枕头，加之整夜心神不宁，她睡得很难受，四肢僵硬。

一个女人的身影出现在门框里。

"跟我来。"

不是昨天的护士。她的声音更年轻，命令的口吻显得很刻意。欧也妮又想起吉纳维芙。女总管的严厉气场让她联想到父亲:同样的克制情绪,同样的自我掌控。区别在于,她父亲本能地严厉,吉纳维芙则是后天形成。严峻的性格是塑造而来,并不是她的天然秉性。欧也妮在她眼中看到了这一点。尤其在提到她妹妹名字的时候,那一刻欧也妮明白了她眼神承载的痛苦。

欧也妮没想到,居然有实体能出现得如此迅速,尤其在那种情况下。吉纳维芙进屋的时候,她背对床坐在椅子上。就在吉纳维芙跨入房门的一瞬间,欧也妮立即感觉到有人同行。此人的存在很明显,而且想被看到和听到。欧也妮别无选择,任由疲倦侵袭全身:尽管在这陌生的房间,在这令她恐惧的场所,她早已经浑身无力。直到吉纳维芙自我介绍完毕,她终于下决心转过来面向她。昏暗之中,布朗迪娜站在那里,就在吉纳维芙身后。欧也妮从没见过年纪这么小的亡灵。她面无血色,头发是红棕色,让欧也妮想到泰奥菲勒。布朗迪娜起初没有讲话,等欧也妮回答了吉纳维芙的提问,她才开口:

"我是她妹妹,布朗迪娜。告诉她。她会帮助你。"

欧也妮身子前倾,听着脑中的声音想笑。她的处境实在荒唐。前一天早上,她刚从自由世界被打入牢笼,在她父亲决定让她度过余生的高墙之内,在这几乎暗无天日的房间之中,她才刚挨过一整天。现在,一个新面孔到访,许诺能帮助她。是的,真叫人发笑:她想发出神经质的、狂躁的笑声,情绪饱满得让她陷入癫狂的笑声。值得庆幸的是,她没有力气笑出声,只能微笑。小姑娘现身是为了她呢,还是为了姐姐,欧也妮并不知道,但她感觉这个亡灵很友好。关键在于,欧也妮已经跌到谷底,没有任何东西可以失去。她于是开口。吉纳维芙瞬间失色。能让这个处变不惊的女人慌神,想必是什么了不得的事情:她见过所有不安和痛苦,见过他人身上可能存在的所有病痛,这一切都没有令她不安,因为她从不允许自己受影响。既然这个消息似乎深深震撼了吉纳维芙,既然欧也妮成功碰到了其他人无法触及的地方,或许有一定可能性(即便不确定)拉拢她帮助自己。

因为欧也妮脑中只有一个念头:她必须从这里出去。绝对必须。

走廊里,欧也妮跟随带她前往宿舍的护士。她身穿白色工作裙,粗壮的腰间系着黑色围裙,一顶白色帽子用发夹别在头顶:它是区分护士与疯女人的不可或缺的配饰。两个女人鞋跟踩地的声音在空荡的走廊里回响。

走廊沿途有许多拱形玻璃窗,欧也妮边走边看向窗外。相比于医院,这个地方更像是住宅区:不同分区由一个个淡玫瑰色的长门面组成,看起来像是朴实的私人住宅。阳光透过垂直的窗户照进底层走廊和二楼房间——很可能是医生办公室或者检查室。三楼的窗户高度缩减至正方形,可能是禁闭室。顶层的暗蓝色屋顶上凿开天窗,可以俯瞰楼下的树木亭台。远处有一座公园,欧也妮看到小径上的散步者:穿着得体的城里女人,把手背在身后悠然闲谈的布尔乔亚男人。仿佛医院高墙内发生的事情几乎与他们无关,或者正好相反,激起了他们的好奇。许多建筑在底层设有拱孔,允许敞篷马车和公共马车通行,到处都能听到石块路面上的马蹄声。从某些角度,能在其他屋顶之上看到一座庄严建筑的巨大黑色穹顶,让人既惊讶又好奇。

目光所及之处,没有任何疯狂的迹象。萨尔佩特里尔的小路上,人们散步,相遇,走动(步行或乘坐马车),每条街道都有名称,每个庭院都花团锦簇。小村庄里一片宁静,几乎让人想住进来,把其中一个房间当成惬意小窝。面对如此田园诗歌般的景象,谁能相信萨尔佩特里尔自十七世纪以来上演过那么多苦难?有关这些高墙的历史,欧也妮当然有所耳闻。对于巴黎女人而言,再也没有比被送到首都东南部更糟糕的命运了。

当最后一块石头搭建完毕,人们已经开始筛选。首先,根据国王的命令,穷人、乞丐、无业游民、流浪者,这些女人是萨尔佩特里尔的第一批改造对象。接着轮到荡妇、妓女、风尘女子,所有这些"失足女"成批被大马车运进来,沿途顺便游街示众,受到公共舆论的谴责。再然后当然就是疯女人、老女人、暴力女、谵妄病人、白痴病人、撒谎者、阴谋家等等，从小女孩到老女人都有。很快，萨尔佩特里尔到处都是哭喊和污秽、铁链和双重门闩。它的定位介于救济院和监狱之间，巴黎应付不来的人就被送到这里：病人和女人。

出于道德考虑，或者因为地方有限，从十八世纪开始这里只接收患有神经病症的女人。人们把肮脏的地方打扫干净，解开女囚的脚镣，疏散人满为患的牢房。暂且不谈攻占巴士底狱、断头台热潮，以及法国数年间的动荡局势。1792年9月，无套裤汉要求释放萨尔佩特里尔的女囚，国民自卫军照做了。这些女人兴高采烈地逃出来，最终却被人侵犯，在街头被斧子砍死，或者被粗木棍、大榔头敲死。无论是自由身还是阶下囚，话说到底，过去的女人在任何地方都没有安全可言。一直以来，女人最先被未经本人同意的决定所干涉。

世纪之初出现了一丝希望之光：更用心的医生开始负责这些禁止被称作"疯女人"的对象。随着医学不断进步，萨尔佩特里尔变成一间治疗和研究神经学疾病的机构。医院各区出现新类型的病人，分别被称作歇斯底里症患者、癫痫患者、忧郁症患者、躁狂症患者、痴呆症患者等。如果放在过去，这些病人会被铁链束缚，衣衫褴褛地生活。但现在不同，人们用她们患病的身体开展实验：子宫压迫器能够平息发病的歇斯底里患者，将热铁块放入阴道和子宫可以减轻临床症状，亚硝酸异戊酯、乙醚、氯仿等精神药物能平息她们的神经，锌和磁铁等金属对于瘫痪的肢体大有裨益。十九世纪中叶，夏科的到来让催眠手段成为新的医学潮流。他开设的周五公开课比林荫道戏剧更吸引观众，他的病人变成巴黎的新女星，奥古斯汀和布朗什·魏特曼的名字常在谈话中被好奇地提及：有时出于嘲笑的心态，有时出于肉体的吸引。因为从今往后，疯女人也能激发欲望。她们具备自相矛盾的诱惑力，能够同时引起恐惧与幻想、憎恶与渴求。女病人接受催眠后，歇斯底里症开始发作，沉默的观众与其说是观摩神经功能异常的临床表现，不如说有时感觉更像是观看一场绝望的色情舞蹈。女疯子不再吓人，反倒十分迷人。基于这种考虑，多年前诞生了四旬斋中舞会，一场属于她们的舞会，巴黎的年度盛事。有幸收到请柬的人能够跨越栅栏阻隔，进入平常只接待精神病人的地方。这天晚上，巴黎一部分人终于能接触她们，而她们也对化装舞会充满期待：一个眼神，一抹微笑，一次爱抚，一句赞美，一段誓言，一次帮助，一场拯救。就在她们满怀希冀的同时，陌生目光在她们身上流连，贪婪好奇地打量这些机能不良的女人、这些残疾的躯体。人们近距离观察过后，接下来几星期还将继续谈论她们。

曾几何时，巴黎人像躲避瘟疫似的排斥萨尔佩特里尔的女人；可现如今，她们变成消遣娱乐的对象，被毫无顾忌地当众展示。

欧也妮在一扇窗户前停下脚步,打量外面的公园和枯树。曾经,女乞丐们蹲在牢房深处,被老鼠啃噬手指和脚趾。曾经,数百名女囚犯重获自由,却在医院门口被野蛮杀害。曾经,一个女人仅仅因为对丈夫不忠就能被拘禁。今天的医院看起来一片宁静。但是所有女人的幽灵并未离开。这个地方到处都是幽灵、喊叫,以及遍体鳞伤的身体。即便你进来时还正常,这间医院光是墙壁都能让你变疯。每扇窗户背后都有人窥探,无论过去还是现在,都有一双眼睛。

欧也妮闭上眼睛,深吸一口气:她必须离开这里。

宿舍早晨的氛围让欧也妮感到意外。琳琅满目的配饰摊在床上:织物和花边,羽毛和褶边,全指和露指手套,帽子和头纱。疯女人们继续前一天的工作,干劲十足地缝缝补补,连缀皱褶,套上多彩的舞会服装展示炫耀,穿着裙子转圈,争抢一块布料。有人试戴造型滑稽的帽子,引发一圈人哄堂大笑;也有些人找不到正合心意的衣服,于是唉声叹气。个别病人无动于衷,老人和抑郁症患者厌倦地看着眼前的场景。但除此之外,其他女人的身体推推搡搡,来回穿梭,翩翩起舞,跳起一支专属于她们的华尔兹,彼此擦身而过。女人们兴奋的嘈杂声几乎令人沉醉,以至于乍看并不像医院,反倒像是女人的天堂。

"你坐那边。"

护士面向欧也妮,指着一张床说道。年轻女子低头走进服装集市,看到如此严肃的场所充斥着节日喧嚣,她既惊讶又羞怯。她不想引人注意,悄悄走到两张床之间,一直退到后背贴墙。宿舍空间巨大,里面至少有上百个女人。屋子的另一边,一排垂直的窗户面向花园。四处都有游离在节日气氛之外的护士正在看守疯女人们。欧也妮错愕地打量这个地方,最终她撞上吉纳维芙的目光:女总管靠左站在宿舍最里面,轻蔑地注视着她。欧也妮移开视线,双腿收到床垫上。她突然局促不安,感觉自己的每一个动作都被人观察分析,仿佛铁了心要在她身上揪出一丝丝瑕疵和缺陷,以便合理解释她为什么被关进医院。看看周围人热情似火的身体,她却能觉察到脆弱的情绪:稍有闪失就可能有人瘫倒在地,引起歇斯底里症的群体发病。欢乐与绝望参半的气氛让欧也妮更加不安。在衣服和帽子的海洋里,她逐渐注意到挛缩的胳膊,不时抽搐的面部肌肉,忧郁或者过度快乐的面容,裙子底下行动不便的跛腿,被单底下麻木无感的身体。有些地方散发出一股馊味,混杂着酒精、呼吸和金属的气味,让人很想把窗户完全打开,让公园里带有木香的新鲜空气进来。欧也妮看看身上的裙子,她从昨天早晨到现在都没换过衣服:她真想回家梳洗干净,在自己的床上睡一觉。这个不可能实现的念头让她现在的处境更显得糟糕透顶。她所熟悉的一切在未经她允许的情况下被野蛮剥夺,而且再也无法重新找回。因为即便她成功出去(但是怎么出去?更重要的是什么时候能出去?),也不可能敲开父亲的大门。迄今为止她所知道的生活,构建起她的一切,包括她的书籍、服饰、至亲,从今以后这些只属于过去。她一无所有,无依无靠。

欧也妮双手抓住床单,紧握拳头。她微微俯身,闭上眼睛,忍住一声呜咽。她不愿意丢失从容,现在还不行,尤其在护士们面前。如果女总管看见她痛哭流涕,估计会得意地继续关她禁闭。

一个孩子气的声音让欧也妮睁开双眼:

"你是新来的?"

露易丝来到了她身边。圆嘟嘟的脸庞中间,两颊微微泛红。每年舞会前夕,少女总是很激动。只有整个三月份,她的脸上才会重现光彩与色泽,舞会结束后又将黯淡一整年。而且神奇的是,舞会前的这段时间,她的歇斯底里症不会发作——其他病人同样如此。

露易丝怀里抱着一件蕾丝红裙。

"我叫露易丝。我能坐下吗?"

"当然可以。我叫欧也妮。"

欧也妮清清嗓子,掩饰呜咽的声音。露易丝坐下,脸上绽开微笑。她厚重的黑色卷发像瀑布一样垂落在肩上。看着她孩童般的温柔脸庞和稚气未脱的举止,欧也妮感到些许安慰。

"你选好衣服了吗?我挑了一件西班牙风情的女裙。头纱、扇子、耳环,我全都准备好了。这件很漂亮,你觉得呢?"

"好看。"

"那你呢?"

"我什么?"

"你的舞会服装。"

"我没有。"

"你可得抓紧,我跟你讲。舞会只剩两星期了!"

"什么舞会?"

"当然是斋中舞会啦!你刚下火车吗?等着瞧吧,可好玩儿啦。全巴黎的上流人士都来看我们。还有啊,我告诉你一件事情,你别跟其他人讲……舞会那天晚上,有人要向我求婚。"

"是吗?"

"他叫于勒,是一名实习医生。他非常英俊,我要嫁给他,从这里出去。很快,我将要成为医生的妻子。"

"新来的,别听她说胡话。"

露易丝和欧也妮同时转头。苔蕾丝坐在邻近的床上,正在安安静静地织一件披肩。露易丝不愉快地站起身。

"闭嘴!我没有说胡话。于勒要向我求婚。"

"成天于勒长、于勒短,耳朵都被你磨出茧来。还嫌这屋里不够吵吗?"

"你织东西才吵呢!从早到晚听你'咔嗒咔嗒',烦死个人。天天织个不停,你手指还没生锈啊?"

苔蕾丝扑哧笑了。露易丝气恼地转身走开。

"小露易丝……她的心就像脱缰的野马,这种病可比精神疯狂更糟。我是苔蕾丝,大家叫我针织姐。我讨厌这个外号,蠢得很。"

"我是欧也妮。"

"嗯,我听见了。你什么时候到的?"

"昨天。"

苔蕾丝点点头。她床上有许多羊毛线团,几件仔细叠好的披肩。她身上也穿了自己的作品:一件黑色厚披肩,做工无可挑剔。苔蕾丝目测五十来岁,甚至更大一些。她头上裹着围巾,额头露出几根灰发。厚实柔软的腰肢,粗糙但平和的面容,让她有一种庄重的母性光辉。与其他女人相比,她看起来比较正常,当然也取决于"正常"的定义。简单而言,欧也妮看不出苔蕾丝有任何明显的病症。

年轻女子看着她粗壮的双手灵巧地编织。

"您呢?您是什么时候来的?"

"哦……我已经不记时间了。不过二十多年肯定有了。"

"二十多年……"

"是的,小姑娘。但我罪有应得。你看。"

苔蕾丝放下针织工具,将开衫的右侧袖子拉到肩膀上。手臂外侧有一个绿色墨水的刺青,因为年代久远变得模糊:图案是一箭穿心,配文"献给莫莫"。苔蕾丝微微一笑。

"我把他推进了塞纳河。但他是自找的。这个混蛋甚至没淹死。"

苔蕾丝放下衣袖,一直捋到手腕,接着平静地继续织衣服。

"我爱他,爱得死去活来。没人愿意要我。我又丑又瘸,因为被醉酒的父亲推倒。我以为这辈子完蛋了。结果某一天,莫里斯出现了。他对我甜言蜜语,把我抱在怀里。我毫不犹豫地成为站街女,每天晚上都要接客。要是挣不到钱,我还得吃耳光子,但我不在乎。父亲对我还更糟呢。况且我爱莫里斯。这样的日子我过了十年:每晚出现在皮加勒街,每晚跟男人上床,要么是莫莫,要么是客人……但是当我男人亲吻我的时候,我就会忘记一切。直到有一天,我意外发现他出轨。我眼看他上楼,去了克劳黛特家。我跟你讲,当时气得我血涌上头。我为他付出那么多……等他出来之后,我尾随他好长时间,这个畜生走了很远。最后在协和桥上,我终于忍无可忍,跑到他身后,把他推下桥。他轻飘飘的,瘦得像把扫帚。"

苔蕾丝停下针织,微笑着看欧也妮。多年的隐忍和超脱让她的微笑变得冰冷。

"我被当场铐走。不瞒你说,我喊得声嘶力竭。但我不后悔推了他。我只后悔没有早点动手。我最受伤的事情不是他对我拳脚相加,而是他移情别恋。"

"这二十年……他们一直不放您出去吗?"

"我不想出去。"

"不想?"

"对的,我不想。你看,我从没感觉到这么平和,直到和疯女人住在一起。男人们一直虐待我。我浑身是伤,跛脚,腿痛,每次小便都疼得要死。我有一道伤疤横穿整个左胸,因为有人想用刀切掉它。在这里,我受到保护。大家都是女人。我给姑娘们织披肩,感觉很安心。不不,外面,我再也不回去了。只要男人还有三条腿,世间的罪恶就会继续存在。"

欧也妮感觉脸红,于是把头转向旁边。她不习惯听到如此粗鄙的语言。让她不安的倒不是内容,而是用词。她的成长环境比较沉闷,偶尔一阵大笑就已经是最大限度的放肆。她从未接触过底层人民的苦难,只在报纸上和左拉笔下读到过另一个巴黎,但是从现在开始,她得近距离接触首都的另一面:从蒙马特丛林到贝尔维尔的斜坡,巴黎北部藏污纳垢,老鼠穿行在下水道,人们用黑话交流。身穿林荫大道裁缝店量身定制的裙子,欧也妮感觉自己十分布尔乔亚。仅凭这身裙子,单单一件衣裳,她就显得格格不入。她想脱下它。

"我讲的话没有吓到你吧，有吗？"

"没有，没有的事。"

"你看她，那边，两只手放在胸前的胖女人。她叫罗丝-亨利埃特，以前是布尔乔亚家庭的仆人。因为长期被男主人骚扰，最终精神崩溃。再看那边，踮脚走路的那个，安娜-克洛德。她为了躲避丈夫的殴打，从楼梯上跌下来。头上梳着辫子、胳膊不听使唤的那个是小瓦伦汀，她从洗衣房出来的时候被一个色鬼给侵犯了。当然，不是所有女人都因为男人才得了病。你看阿格莱亚，面瘫的那个，她是因为女儿夭折，自己从三楼跳下来。对面一动不动的姑娘叫赫西莉亚，她是被狗咬的。还有一些女人从不开口讲话，别人连名字都不知道。总之情况就是这样。第一天是不是蛮受冲击的，唔？"

苔蕾丝一边继续编织，一边打量欧也妮。她觉得这个年轻的布尔乔亚姑娘看起来不怎么疯狂，尽管最深刻的疯狂并不能被看到。苔蕾丝记得，有些客人乍一看像是正人君子，可一旦关上小单间的房门，他们就会展现真正的病态。但是男女的疯狂不可同日而语：男人的疯狂作用于他人，女人的疯狂反噬自身。

没错，局促不安的褐发女孩身上有种引人注意的东西，不单是因为她的教育和阶层（一看便知与众不同），还有某种更深刻的东西。况且，老前辈正在宿舍另一侧看她，足以说明她也注意到欧也妮身上有某种东西。

"你呢？你是因为什么来到这里？"

"因为我父亲。"

苔蕾丝停止编织，把工具放在大腿上。

"还是被宪兵送进来更好些。"

欧也妮没来得及回答，喧闹之中响起一声哭喊。身穿白裙的护士们赶忙走向宿舍中央，其他疯女人迅速让开，有的感到害怕，有的听到哭喊很不舒服。罗丝-亨利埃特膝盖跪地，胳膊叠在胸前，双手挛缩变成钳形，浑身颤抖。三十来岁的她身体略微前倾，脑袋剧烈摇晃，呼吸时发出沙哑的哭喊。两条腿因为强直痉挛跪在地上，护士们无法扶她起身。吉纳维芙体态挺拔、神情泰然地上前，边走边推开挡路的疯女人。她从口袋里取出一支小瓶，倒出一点液体浸在纱布上。可怜的女人已经神志不清，吉纳维芙跪在她面前，将纱布捂在她脸上。几秒钟过后，哭喊声平静下来，病人身体瘫倒在地板上，发出一声闷响。

欧也妮看着苔蕾丝说道：

"还是压根别被送进来更好些。"

罗丝-亨利埃特发病过后，宿舍仿佛灌进来一股寒风，下午在单调乏味的安静中度过。某些疯女人得到批准，可以去公园里；其他人更愿意待在床上，一言不发地看着选好的衣服出神，想象即将到来的舞会。

晚餐在集体食堂。和每天晚上一样,一碗汤,两片面包,众人安静地吃完。

欧也妮突然很饿,用勺子刮起碗底最后一点汤吃掉。右边出现一只手,递给她一支粗布拖把。她认出这是吉纳维芙。

"在这里,每个人都要出力。等下你和其他人一起拖地。结束过来找我。别刮了,碗里没东西了。"

欧也妮一言不发地执行命令。打扫卫生用了半个多钟头:排齐长凳,收走汤碗,洗净晾干,磨光地砖,擦拭木桌。拖把和餐具归位后,大家回到宿舍。时间八点钟。

根据约定,欧也妮在门口找到吉纳维芙。年轻女子的黑眼圈因为疲惫变得更加明显。

"跟我来。"

这些语气生硬、不带解释的命令让欧也妮恼火。过去是父亲,现在是这个臭脾气的女护士。她是不是一辈子都要听从别人的决定,遵循别人指示的道路?她收紧下颌,跟在吉纳维芙身后:这条走廊也是她今天早晨来时的路。窗户外面,小径旁边的几盏路灯在黑夜中闪烁亮光。

吉纳维芙最终停在一扇门前,开始翻找钥匙串。欧也妮认得这扇门,她昨天就睡在同一间屋子。

"我又要在这儿睡吗?"

"是的。"

"但我在宿舍已经被指定了床位。"

吉纳维芙把钥匙插进锁孔，打开门：

"进去。"

欧也妮忍住不满，走进冰冷的房间。和前一晚一样，吉纳维芙站在门框里，手扶着门把手。

"您能不能至少给我解释一下？"

"巴宾斯基医生明早给你做检查，由他判断要不要继续关你禁闭。在那之前，我不希望你拿幽灵的故事吓唬其他人。"

"如果我昨天吓到了您，我向您道歉。"

"你没有吓到我。你没那个权力。但我建议你，别再提到我妹妹。我不知道你怎么得知了她的名字，我也不想知道。"

"是她自己告诉我的。"

"你闭嘴。世界上没有幽灵，懂吗？"

"幽灵确实没有，但是有亡灵。"

吉纳维芙感觉心脏怦怦直跳，试图控制自己的呼吸。她昨天显然被吓到了，正如她此刻也被吓到：面对站在床边一动不动的昏暗身影。迄今为止，没有哪一个疯女人能让她心慌意乱。她感觉内心在动摇，必须竭力控制自己，不露出任何迹象。

她深吸一口气，然后听到自己说出：

"你父亲把你送过来挺对的。"

昏暗之中，欧也妮一言不发地承受了这句攻击。吉纳维芙刚一说完就感到后悔。她什么时候试图故意伤害过病人？攻击别人的弱点既不是她的习惯，也不符合她的道德。心跳变得更加剧烈，她必须离开，现在，离开这间屋子——但她做不到。她停在那里，站在房门口犹豫不决，仿佛在等待某种不敢向自己承认的东西。

欧也妮坐在床沿，看向昨天坐过的椅子。时间过了一会儿。

"您不相信亡灵吗，吉纳维芙女士？"

"当然不信。"

"为什么呢？"

"这很荒谬，和科学的全部逻辑背道而驰。"

"如果您不相信亡灵……为什么您这么多年来一直给妹妹写信？几千封没有寄出的信。您之所以给她写信，说到底是因为，在某种意义上您希望，您认为有可能，她听得到您说话。她确实听到了您说话。"

吉纳维芙用另一只手扶住墙壁，试图抵挡一阵眩晕。

"我说这些不是为了吓唬您，也不是为了嘲笑您，女士。我希望能让您相信我，继而协助我出去。"

"但是……总之……如果你说的是真话……如果你真能听见……他们永远不会放你出去……情况更严重！"

欧也妮站起身，走向吉纳维芙。

"您看到了，我没有疯。您不知道巴黎有个通灵主义协会，科学家和研究者努力想证实死后世界的存在。我原本想去加入那些人，却被父亲带到这里。"

吉纳维芙惊愕地看着眼前这张脸庞。欧也妮的真诚让她无法继续假装。突然，她习以为常的权威，她的坚忍和严厉，全部轰然倒在脚下。她卸下自己未曾察觉的重量，终于说出从刚才以来一直憋在嘴边的句子：

"布朗迪娜……她在这里吗？在房间里？"

欧也妮先是一惊，接着感觉自己身上同样卸下重量：她仿佛跨越第一个障碍，朝着唤起吉纳维芙的良心和同情心迈出第一步，毕竟她是这个该死的地方唯一有可能帮助她的女人。

"她在。"

"……哪里？"

"……她坐在椅子上。"

房间尽头，靠左边，小木椅是空的。吉纳维芙感到一阵强烈的眩晕。她猛地关上门，砰的一声震耳欲聋，整个走廊的窗玻璃随之颤抖。

7

1885 年 3 月 6 日

"吉纳维芙女士？能听到我说话吗？"

一名女护士轻轻晃动吉纳维芙的肩膀。女总管睁开眼睛，惊讶地认出她的办公室。脚边几个毛絮团粘在裙子上。吉纳维芙意识到自己背靠衣橱坐在地板上，膝盖收到胸前，脖子很痛。她抬头看向女护士：对方一脸担忧地注视着她。

"您还好吗？"

"几点了？"

"八点钟，女士。"

晨雾的白色光线照进屋里。吉纳维芙抬手摸到脖子。前一晚的记忆重新浮现。与欧也妮的谈话，猛然关上的门，接着是疲倦，沉重的疲倦。她感觉没法立即回家，决定到办公室坐一会儿,恢复体力,整理思绪。她迈着精疲力竭的步伐穿过医院,来到办公室门口。后面的事情她想不起来。很明显,她没有回家,而是坐在满是灰尘的地面,在办公室里过了夜:每天签署住院文件的办公室。

吉纳维芙拖着腰酸背痛的身体站起来,拍打裙子上的灰尘。

"女士……您在这里睡了一觉吗?"

"当然不是。我今天到得早,一时间身体不太舒服,仅此而已。话说,你来这里做什么?"

"我来拿今天早上体检要用到的文件……"

"这不是你该操心的事情。从我办公室出去,你没有理由待在这里。"

女护士低下头,关门离开。吉纳维芙在屋里来回踱步,胳膊交叉放在胸前,脸上写满担忧。她为自己的脆弱时刻感到自责,更糟糕的是,她被人看到了。在萨尔佩特里尔,传闻的散播速度比在外省村庄还快。稍有差错,态度稍有暧昧,就会引来毫无必要的关注。她不能允许自己被人用怀疑的眼光看待。如果再多出现一次可疑的偏差,到时候住进疯女人宿舍的可就是她了。

这种事情不会再发生。她动摇了,被一个诱人的念头吸引:所爱之人在去世后依然留在身边,生命的结束并不等同于一个身份或存在的结束。她之所以信了这些谎言，是因为欧也妮戳到了她隐藏最深的痛处。但是欧也妮疯了。她疯了，没错，而且布朗迪娜死了。必须像这样理性思考。

吉纳维芙深吸一口气，拿起桌上的文件，离开办公室。

欧也妮走进检查室，五位年轻女性站在房间中央。听到弹簧门打开的声音，她们以为是医生来了，纷纷担忧地看向门口。

检查室乍一看像是自然历史博物馆的小展厅。赭石色墙壁之上，线脚造型的突饰沿着天花板铺陈延展。入口旁边靠墙摆放着书架，架子上陈列着数百部著作，包括科学、神经学、人体解剖学、医学插画等。房间另一边有几扇面向公园的垂直宽窗，一只装有玻璃橱窗的、木头发黑的橱柜摆放在窗户之间，里面收着各种小瓶、长颈瓶、液体等。附带的桌子上摆放着不同大小、不同精密程度的医学仪器，这些设备对于非专业的公众而言比较陌生。稍微靠后的位置，一扇屏风悄悄挡住背后的躺椅。屋子里飘着一股木头和酒精的气味。

没有人比医生自己更喜欢检查室。对于科学至上的头脑而言，检查室是发现病理的场所，也是医学进步的场所。他们的手欢欣鼓舞地操作各类仪器，然而即将被检查的人却十分害怕。对于不得不脱光衣服的病人而言，这里是恐惧和不确定的所在。检查室里的两个人不再是平等个体：甲评估乙的命运，而乙听信甲说的话。一个决定职业生涯,另一个决定生命。如果走进检查室的是一名女性病人,医患之间的地位区分就更加明显。女病人拿出自己的身体以供检查,摆布它的男医生既受它吸引,同时又不理解它。医生总认为比病人懂得多,男人总认为比女人懂得多:今天等待检查的几位年轻女性预感到这种目光,因此倍感焦虑。

陪同欧也妮的女护士命令她和那群女人站到一起。当她踩着高帮皮鞋走过去,地板发出嘎吱声。姑娘们似乎年龄相仿。她们的手不知道该放哪里,于是攥紧了背在身后,一边拧手指,一边继续无休止的等待。

她们对面的观众全都是男性。三名助手坐在长方形办公桌后面,穿戴深色的西装领带,互相低声交谈,完全无视焦虑的女病人。站在他们身后的五名实习医生也在等待,这些人身穿白大褂,嘴角带着讥笑,不害臊地盯着当天的受检者,眼神停留在她们的胸部、嘴巴和髋部。他们拿手肘悄悄互戳,凑到彼此耳边,低声讲些粗鄙之语。看到他们这副骚动的模样,欧也妮心想,这几个男人铁定没太见过或者认识过女人,否则也不至于在没有自卫能力的病人面前如此兴奋。

她感到厌倦。厌倦像一枚卒子似的被人呼来喝去,从一个房间领到另一个房间。厌倦听到别人用命令的语气跟她讲话。

厌倦每天都不知道晚上睡在哪里。她想喝一杯水,想戴上搓澡手套好好清洗身体,想换掉身上的裙子。目前的形势既严峻又荒谬,她感觉神经逐渐崩溃。其中一名实习医生不怀好意地盯着欧也妮,正好被她撞见,狠狠瞪了回去。年轻男子在髭须后面放声大笑,招呼同伴们一起来看右边这只怪物。"你们看见她的眼神没有!"欧也妮差点想要冲上去攻击他,可就在这时,弹簧门唰地打开,几位女病人吓了一跳。

一位医生走进房间。他的波浪短发抹了发膏,梳成侧分。他下垂的眼睑使目光显得专注而关切,小胡须优雅地盖在嘴唇之上。他向在场的医生和实习医生们打招呼,然后坐到办公桌后面。在他身后,吉纳维芙将一沓文件放在桌上,随后退到一边站着。

年轻女人们小声嘀咕相同的疑问:

"不是夏科吧,这个人?"

"不是,这是巴宾斯基……"

"夏科去哪了?"

"他不在的话,我不想让其他人碰我……"

巴宾斯基迅速看完文件,递给身旁的吉勒·德·拉图雷特,然后站起身。

"好的,我们开始。吕塞特·巴杜安?请上前。"

一名金发女子胆怯地走上前,她的体格略显瘦削,身体几乎淹没在过于宽松的裙子里,头发随意地编成一根发辫垂在背后。她抬起不安的脸庞,望向面前这个男人。

"先生,我很抱歉,但是……夏科先生不在吗?"

"我是约瑟夫·巴宾斯基,今天由我代替他。"

"真的很抱歉,但是……我不想让别人碰我。"

"那我没办法给您做检查。"

"我只允许夏科先生……其他任何人都不行。"

可怜的姑娘开始颤抖。她眼睛盯着地板,双手摩挲胳膊。巴宾斯基不带感情地继续说道:

"好的,那您过几天再来。让她出去。下一位是谁?"

"欧也妮·克莱里。"

"请上前,小姐。"

欧也妮往前走两步。坐在桌边的拉图雷特大声朗读她的资料。

"十九岁。父母健康,哥哥也是。无既往病史,无临床症状。自称能与死人交流。父亲以通灵为由安排其住院。"

"原来是你。"

"对。"

"解开裙子衣领。"

欧也妮偷偷看一眼吉纳维芙,她的目光在躲避。吉纳维芙从来不是病人体检的积极参与者,这种场合的话语权属于医生与医生助理,有时也属于实习医生。她的位置就是安静地退到一边,她对此表示尊重。

欧也妮收紧下巴,解开裙子的衣领,一直到胸口。带着冷淡的、医学的目光,巴宾斯基检查她的瞳孔、舌头、上颚、喉咙,聆听她的呼吸和咳嗽,检查脉搏和身体反射。随着医生口头给出检查意见,身后其他人迅速记录在纸上。

检查完毕,巴宾斯基惊奇地看着欧也妮。

"一切正常。"

"那我可以回家了。"

"没那么简单。令尊让您住院是有原因的。您真的能和亡灵交流吗?"

整个房间完全安静下来。所有人似乎都在等待一个满意的答案,因为所有人其实都好奇。实习医生们表现得尤为明显。他们虽然盲目相信科学,事实上却酷爱这类故事。没人会对这个话题漠不关心。有关死后世界的内容令人兴奋、引人遐想,谁都有一套自己的理论,谁都尝试证明或证伪各种事实,似乎不存在永远的正解。绝大多数人既想去相信,同时又害怕相信。害怕自然导致拒绝相信,因为相比于被这些念头挤满脑袋,拒绝相信要更舒服自在得多。

欧也妮感觉到全场人追问的目光。

"如果您想找一个可以向全巴黎展示的怪物,我的能力不是为了供人消遣。"

"我们的宗旨是理解和治疗,而不是消遣。"

"如果萨尔佩特里尔变成女人马戏团,那确实很可悲。"

"如果您是指夏科医生的公开课,它们在业内极受尊敬。"

"那你们的舞会呢?我从没听说过医院也是社交场所。"

"四旬斋中舞会为病人提供消遣,让她们重新体验正常人的生活。"

"你们是给布尔乔亚提供消遣。"

"小姐,您只需回答问题。"

"那我明确回答您,我不和亡灵交流。"

拉图雷特坐在桌边,手指放在纸上,这时候他插话:

"您的资料清楚写着,您亲口告诉祖母……"

"我说已故的祖父让我传话,是的。我压根没有要求。事情就是发生了,仅此而已。"

巴宾斯基微微一笑。

"听到死人讲话可不是随随便便就'发生'的事情,小姐。"

"您能不能告诉我,我在这里具体是因为什么?"

"答案还不明显吗?"

"一个年轻姑娘在卢尔德看到圣母显灵,人们说信就信。"

"这是两码事。"

"为什么?为什么相信上帝能被接受,相信亡灵就不合适?"

"宗教信仰是一回事。看见和听见死人,像您声称的那样,属于异常情况。"

"您很清楚,我没有疯。我从来没有发过病。我没有任何理由留在这里。任何!"

"我们有理由相信,您或许患有精神失常的病症……"

"我没患任何病。你们只不过是惧怕自己不理解的事情。你们自以为是疗愈者……瞧瞧您身后那些穿白衣服的蠢货,从刚才开始就在盯着我们看,好像看肉块似的!简直卑鄙!"

吉纳维芙感觉不安充斥了整个房间。她注意到巴宾斯基向两名实习医生打了个手势,他们立即过来抓住欧也妮的胳膊。吉纳维芙想要上前一步,但又忍住了。她看着此前一直克制情绪的年轻女子,看着她现在的嘶喊和挣扎,看着她在被人拽出房间的过程中希望逐渐破灭。

"你们弄疼我了,野蛮的家伙!放开我!"

她的发髻松开,头发散落在脸颊上。经过吉纳维芙旁边的时候,情绪爆发的姑娘抛给女总管一个先前从未有过的眼神。她精疲力竭,嗓子已经喊破,有气无力地对她说:

"吉纳维芙女士……帮帮我……女士……"

弹簧门打开,欧也妮愈加猛烈地哭喊,后面等待的女病人纷纷让开。

喊叫声朝着走廊尽头逐渐远去,吉纳维芙喉咙一紧。

疯女人舞会

午后的柔和阳光照在公园草皮上。三月的天气依然清凉，但是前几周阳光实在太少，所以疯女人们抓紧机会来到户外，享受暂时的晴天。有些人坐在长凳上观看麻雀和鸽子，有些人倚靠在树上抚摸树皮，还有些人沿着小径散步，让裙摆扫过铺路的石块。

一个白色身影在公园里缓慢地来回踱步。远远就能认出老前辈的腰身和金色发髻。稍微观察一下，人们惊讶地发现她的态度异于寻常。通常她身穿工作裙，体态笔直端正，眼神专注地监视周边情况；然而今天下午，她却是一副冷淡的沉思模样，对身边发生的一切漠不关心。她将手背在身后，沿着草坪低头散步，步伐慢于平常，遇到人都不抬头看一眼，这让对方感到错愕。说不清她究竟是恼火还是忧郁，尽管"忧郁的老前辈"光是想象一下都很出人意料。对于疯女人们来说，她从来不是一个提供慰藉、倾听心声的人。她最显著的特征在于震慑力，有时仅凭一个眼神，她就能让对方情绪冷静下来。即便这样，她依然是整个病区的支柱，一年到头稳定且忠诚地每天出现。一天活动的顺利进行依赖于她的安排。看到她状态放松，整体气氛随之放松；反之，如果她看起来紧张，其他人就会紧张。同理，散步者看到她走路的神态明显迷茫，于是互相嘀咕，最终也都感觉迷茫。

吉纳维芙心不在焉地盯着石块路面。听到右边一个声音对她讲话,她突然一惊:

"话说,吉纳维芙……您看起来闷闷不乐。"

苔蕾丝坐在长凳上,脸对着阳光。她正在啃一大块面包,顺便丢些面包屑到草地上,给蹦跳的麻雀和鸽子吃。她圆圆的肚子随着呼吸节奏起伏。吉纳维芙停下脚步。

"您今天不织东西吗,苔蕾丝?"

"我让手指晒晒太阳。您要不要坐下?"

"不了,谢谢。"

"挺好的,春天回来,公园又绿了。姑娘们心情更好了。"

"而且舞会即将来临,这也会平息她们的情绪。"

"确实应该给她们点念想。那您呢?"

"我?"

"您在想什么?"

"没想什么,苔蕾丝。"

"看着不像。"

吉纳维芙不愿承认,于是转身背向苔蕾丝,把手插进裙子的前侧口袋。两个女人一起打量公园。不时有马车从远处的拱孔底下穿过,马儿沿着医院的小径快步前行。从这里望出去,巴黎显得如此遥远,如此陌生。远离城市的喧嚣、不确定和危险,住在这块宁静之地几乎令人感到甜美。但是,正如医院的高墙将它与城市（及其自由与可能性）分隔，里面的人也会感觉受限，感觉没有指望。

苔蕾丝继续丢面包屑，给聚在她脚边的小鸟吃。

"新来的那位，您怎么看？伶牙俐齿的褐发姑娘。"

"她暂时还在观察期。"

"您知道这丫头没疯，对吧？我了解病人。您也了解，吉纳维芙。她是正常人。我不知道她父亲为什么要送她进来，但她肯定把父亲气得不轻。"

"您怎么知道她父亲的事？"

"她昨天告诉我的。"

"她还说什么了吗？"

"没有。但我觉得她还有话要讲。"

吉纳维芙的手插得更深了些。今天早晨的场景——更具体来讲是欧也妮的面容——还在她脑海中挥之不去。话说到底，她又能做什么呢？决定病人是否留在医院，这件事并不在她的职权范围内。被送进萨尔佩特里尔的女人都有各自的原因。她的工作职责是监管病区，充当医患之间的桥梁，而不是给出诊断，为这个或那个疯女人辩护。再说，她何曾有过这种想法？护士对疯女人的职责从来只是提供食物与疗愈——至少试图疗愈。这档事情消耗她太多精力，现在必须停止想它。

吉纳维芙抬脚赶走一只离她太近的鸽子。在疯女人们困惑的目光中,她快步穿过公园。

几天过去。舞会服装已经确定,大家忙于准备舞会大厅:济世堂。巨大的长形房间里,优雅的分支吊灯下,人们开始布置会场:四个角落摆放花草,搬来餐桌拼成冷餐台,窗下摆放天鹅绒面的软垫长椅,拍打窗帘上的灰尘,清扫乐队演奏的舞台,擦拭窗玻璃。所有疯女人一起参与,准备活动进展得顺利又愉快。

医院之外,巴黎的社会贤达陆续收到邀请函:"诚邀阁下莅临萨尔佩特里尔医院,参加1885年3月18日举行的四旬斋中舞会。"医生、警察局长、公证人、作家、记者、政客、贵族,巴黎特权阶级的全部成员都在期待舞会,喜悦之情不亚于疯女人。沙龙里的谈话绕不开即将到来的活动。人们谈论往年的舞会,描述三百名疯女人盛装出席的场面,互相分享趣闻逸事:一个疯女人突发痉挛,护士用按压子宫的方法缓解了她的症状;一声钹响,诱发了大约十五例强直性昏厥;一名女性瘾者把在场的男性蹭了个遍;一位昔日的戏剧舞台女明星,再见时已经变成眼神涣散的可怜疯子。每个人贡献出各自的回忆、经历和逸事。对于这些布尔乔亚,平日里观看的所有戏剧演出、参加的所有社交晚会,都比不上一年一度与疯女人近距离接触的机会。仅此一晚,两个世界、两个阶层相聚在萨尔佩特里尔。如果没有医院搭建的平台,他们永远没有理由且不愿意靠近彼此。

上午过半。吉纳维芙正在办公室处理行政资料,这时有人敲门。

"请进。"

女总管继续归类柜子里的文件,没看到小心翼翼走进办公室的年轻男子。他摘下大礼帽,露出红棕色的鬈发。

"吉纳维芙·格莱兹?"

"是我。"

"我叫泰奥菲勒·克莱里,是欧也妮·克莱里的哥哥。上星期我们……我父亲把她送进医院的。"

吉纳维芙停下手上的动作,看向泰奥菲勒。年轻男子将帽子按在胸口,惴惴不安地打量她。她记得他:刚踏进医院大门就跑了出去。

吉纳维芙请他坐在椅子上,她自己回到办公桌后边坐下。泰奥菲勒不敢直视她的眼睛。

"我不知道从何说起……我希望见您是因为……但我不知道萨尔佩特里尔是否允许……我想见我妹妹。我希望跟她说话。"

吉纳维芙从未听过这样的要求。疯女人们的家庭成员就连写信询问近况的都很少见,更别提亲自前来探望,这种情况闻所未闻。

吉纳维芙靠在椅背上,移开目光。自从巴宾斯基的检查过后,她还没见过欧也妮。已经过去五天。她知道年轻姑娘又被关了禁闭。每次护士送去食物,欧也妮愤怒地将餐盘扔向房间另一边。无奈之下,护士决定不再给她任何刀叉餐具,从此只给她送去黄油面包片,但她依然不肯吃。震惊的护士把情况汇报给吉纳维芙,她只是漠不关心地听着。自从不再接触欧也妮,她感觉自己的不安和脆弱减少了。她宁愿得知欧也妮被关起来了,便于与她保持距离。

"我很抱歉,克莱里先生。您的妹妹不能接待访客。"

"她情况怎么样?我知道,这个问题很愚蠢。"

年轻男子有些脸红。他用食指轻轻拉扯系在脖子上的丝绸围巾。泰奥菲勒的红棕色鬈发落在苍白的额头上,让吉纳维芙联想到布朗迪娜。脆弱的外观,柔和的动作,鼻子和颧骨上散乱的斑点。吉纳维芙试图暂时忘记妹妹的形象:为什么克莱里家的人总能以某种方式让她想起布朗迪娜!

"您的妹妹个性坚强。她能应对得了,我很确信。"

泰奥菲勒似乎对这个回答不满意。他站起身走了几步,然后停在窗前,打量顺着小路延伸的一幢幢医院建筑。

"这里真大。"

吉纳维芙在椅子上转头望向年轻男子。他的侧脸和欧也妮一样:同样高直的鼻梁,同样翘起的嘴巴。

"您看,妹妹和我,我们关系不太亲近。在我们家,只有姓氏将我们互相联结。我们从小受到的教育就是这样。但尽管如此,我依然严重觉得不公平。从上周到现在,我一直睡不好觉,眼前总是她的面容。我们没有给欧也妮任何选择。我本人也软弱,还参与将她送进医院。我感到后悔。请原谅我这样向您坦白,这不光彩。但是,既然我见不到妹妹,至少有没有可能转交东西给她?"

没等吉纳维芙回答,泰奥菲勒从上衣里面掏出一本书,激动地伸手递给她。封面上写着《亡灵之书》。吉纳维芙感到不解。

"趁着父亲还没找到并焚毁这本书,我抢先拿到手。我请求您,把书交给她。我这样做不是为了得到她的原谅。我仅仅希望减少她的孤单。拜托您。"

吉纳维芙猝不及防,不确定该不该接过书来。她不想再与欧也妮产生直接或间接的关联,尤其不希望再听她谈论亡灵、幽灵、灵魂,以及关于死后存在的任何内容。但是泰奥菲勒依旧伸着手,用乞求的眼神看着她。走廊里传来逐渐走近的脚步声,接着响起三下敲门声。吉纳维芙一个激灵,抓住书,迅速藏进抽屉。泰奥菲勒带着感激的微笑向她致意,将大礼帽稳稳戴在头顶,开门离开房间,顺便让护士进来。

十四岁那年,吉纳维芙在父亲书房里翻开她的第一本解剖学著作。这次阅读成为她人生中一个关键节点。随着一次次翻开书页,科学的逻辑展现在她面前。人体每样东西都能被解释。解剖书带给她震撼和启迪,正如《圣经》带给她妹妹震撼和启迪。姐妹俩的阅读分别留下鲜明的烙印,影响她们各自的人生走向:吉纳维芙选择了医学,布朗迪娜选择了宗教。

吉纳维芙只读科学著作。她不喜欢小说,因为她无法理解虚构故事的意义。她同样不喜欢无用的诗歌。在她看来,书籍应当实用,必须传授关于人类的知识,至少是关于自然或世界的知识。但她知道,对于个人而言,某些书可能扮演至关重要的角色。她不仅在自己和妹妹身上看到这一点,而且那些带着惊人热情讨论小说的疯女人身上也有所体现。她见过一些疯女人朗诵诗歌并流泪,另一些愉快且信手拈来地提及文学作品中的女主人公,还有一些病人声音哽咽地背诵整个段落。这便是事实与虚构的区别所在:前者不可能令人激动,读者只关注论据与事实;后者与之相反,挑起激情、扰乱精神、使情绪泛滥,它不鼓励推理与思考,而是将读者——尤其女性读者——拖向情感的灾难。吉纳维芙非但看不出任何知识营养,而且十分鄙视。因此疯女人的囚区禁止任何小说:不能再有更多扰乱病人情绪的风险因素。

今晚,她带着同样的鄙夷打量手中的书。窗外,夜幕已经降临。吉纳维芙在楼梯平台上洗漱完毕,迅速喝掉一碗汤,接着拿出藏在大衣里的书,坐在床沿上。油灯摆在床头柜上,照亮书的封面:《亡灵之书》。医生会议的话题偶尔转向形而上学,吉纳维芙依稀听他们谈到过这部作品。医生们肆意嘲笑和贬低书中内容,抱怨这种言论不但有人去想,甚至还能出版。她大致记得,作者从事实因素出发,论证人死之后继续存在的真实性。毫无疑问,他的言论很有野心。但是这本书似乎也激起人们的强烈情感,因此她从未产生兴趣。

床对面,简朴的火炉缓缓地温暖墙壁。窗外的苏夫洛街一片宁静。吉纳维芙看着手中的书,却不敢打开。克莱里家的姑娘就是读过它之后被父亲送进医院的。可以理解。没有哪位父母希望听到自己的孩子谈论彼世。人类生性并不喜欢混淆边界,质疑生命的结束,尝试与不可见者交流。这类行为属于精神失常,而非理性。

她将书本翻面,快速扫过内页,放在床头柜上,又重新拿起:她完全可以打开读一读,哪怕只是开头几行……如果书中内容就像同事们声称的那样荒唐,她会立即感到不适,赶紧重新合上它。无论如何,绝对不能交给欧也妮,不能鼓励她的离奇念头。

时钟显示晚上十点。她的双手放在依然闭合的书上,仿佛害怕这些书页将要教给她的东西。

"说到底,吉纳维芙,这不过是一本书而已。别犯傻了。"

她一脸坚决地将腿抬到床上,背靠枕头坐好,终于翻开第一页。

8

1885 年 3 月 12 日

巴黎曙光渐显。早起的人已经上街。沿着塞纳河和圣马丁运河，洗衣女工成群结队走向洗衣船，她们扛在背上的袋子装满布尔乔亚的脏衣服。拾荒者整夜搜寻可以倒卖的商品，早晨拖着沉甸甸的手拉车满载而归，车上每只背筐都装满夜间收集的成果。各个街角都能看到点灯人手动熄灭煤气路灯。在中央市场，也就是埃米尔·左拉笔下的"巴黎之腹"，杂货店主和商贩们搬运装着水果蔬菜的小木条箱，取出冰块保鲜的鱼，切分肉块。不远处的圣德尼街上演着与皮加勒街或普罗旺斯街同样的场景：有些妓女正在等待最后一单生意，还有些忙着推开酩酊大醉的客人。送报工从印刷厂出来，当天新闻在他们的斜挎包里颠簸。每个街区第一批出炉的热面包散发香气，飘进劳动者的鼻子:男女工人、送水工、煤炭商、马路上的清洁工和养路工,以及所有在黎明破晓之际早已经让巴黎鲜活起来的忙碌身影。

吉纳维芙穿过荣誉庭时,萨尔佩特里尔仍在睡梦中。拱顶造型的入口背后,这条冰冷绵长的小径是进入医院的必经之路。她的鞋跟在路面石块上踩出清脆声响。右手边的草地中央,一只猫在玩弄老鼠尸体。路上没有一个行人,没有一辆敞篷马车。

吉纳维芙出门后,天色变得阴沉。走向圣路易堂的时候,细雨点从空中飘落。她头戴一顶只在侧边饰有几朵花的朴素帽子,足以抵挡清晨的毛毛雨。戴手套的双手将大衣紧紧裹在身上。她一夜没睡,眼圈发黑。

吉纳维芙穿过一个拱顶造型的过道,上面写着"拉塞区",接着走进圣路易庭。对面是公园和光秃的树木,左边是圣路易堂:庄严的白色墙面,顶上戴着"黑色头盔"。她走向礼拜堂。通宵读完的书被藏在大衣内侧口袋里,紧贴在她胸口。

她来到紫心木门前,稍停片刻,吸一口气,然后推开门。

第一眼望过去,教堂内部朴实得令人惊讶。没有鎏金或线脚,石头墙壁上没有任何无用的装饰,局部轻微发黑。这座礼拜堂几乎像是被遗弃了。

一进大门,从左到右竖立着六座带有石块底座的圣徒雕像,分别摆放在凹进墙壁的拱顶下方。教堂的空间大小和布局都令人惊奇:四座不同的偏祭台,分别对应四个侧殿;教堂中央的主穹顶高度可观,让人不由得仰头观看,产生独特的眩晕感。

吉纳维芙条件反射地摘下帽子,抖落几滴滑进布料里的雨水。她惊讶自己居然推门进来,居然出现在这里,在她二十年来每天经过却未曾涉足的建筑里。

她怯生生地走上前,来到冰冷潮湿的石块中间。每个侧殿的布局各不相同,遵循朴素精练的风格,提供冥想所需的一切物品:木凳或木椅,小祭台,大蜡烛,圣女像。这里有种罕见的安静。吉纳维芙听得见自己的呼吸,感觉呼吸声在巨大的墙壁之间回响。

一阵低语吸引了她的注意。左边的第二个侧殿里,一个身材矮圆的女人站在圣母石像面前正在祈祷。她身穿洗衣妇的裙子和围裙,双手抬到下巴底下,手中握着一串黑珍珠制成的念珠。她闭着眼睛,与她面前的女性雕像轻声交谈。这个女人独自站在对她而言过于巨大的教堂里,将祈祷视为黎明的首要任务,她的信仰几乎令人羡慕。吉纳维芙盯着她看了一会儿,但又觉得不应该,于是她转开脸庞,决定走进入口右侧的第一个侧殿。她在一把椅子上坐下,椅子腿嘎吱作响,接着把帽子放在大腿上。祭台下方点着几只大蜡烛。

她抬起脸庞,打量自己孩童时期憎恶的这方天地。圣路易堂的一切让她回忆起那些备受煎熬的漫长星期天。她原本就厌恶这个地方，布朗迪娜离世之后更是如此。"宗教场所"。人们难道这么弱小，不仅需要信仰和偶像，甚至需要专门的场所来祈祷？难道在家不行，在卧室里不行？想必确实如此。那她在这里做什么，既然她仍然不信？昨晚挑灯夜读的书页促使她天一亮就出门来教堂。书里并不宣扬宗教，甚至相反。但她还是按捺不住赶来教堂的冲动，正如这本书也让她不知所措。她不知道自己来这里真正想寻找什么：相比于答案，或许她更想寻找解释，或者至少是方向。现在抵抗没有意义，她知道。欧也妮入院以来的这一星期，她原先自认为掌控的一切都在消逝。这种感觉难以忍受，但她不再对抗。她尝试过抵抗，却只是徒劳。如果她必须跌得更低、更远，而后才能更好地重新站起来，那么她选择放任自己跌落。

背后响起脚步声。吉纳维芙在椅子上转身：身材矮圆的洗衣妇走向门口。吉纳维芙猛地站起身，朝她走过去。女人停下脚步，惊讶地看着吉纳维芙。

"我跟您一起出去。我不希望独自待在这里。"

女人微微一笑。她一辈子为别人手洗衣服，面容十分憔悴，手指和小臂因为长期泡水而皮肤皱裂。

"您在这里永远都不是独自一人。这里也好，别处也罢。"

洗衣妇悄悄走掉，吉纳维芙被留在原地。女总管眼神涣散,右手抬到心口摸了摸大衣:书还在原处。

钥匙在锁孔里咔嚓作响。欧也妮睁开眼皮。刚一醒,胃立即又开始痉挛,她在床上蜷缩得更紧了。欧也妮光着脚。最近几天,她的脚踝终究被窄小的高帮皮鞋磨肿了,她只好脱下鞋子,却没能再穿进去。而且,欧也妮无法忍受她那件勒人的裙子,一气之下扯坏了袖子、肩膀、腰部的线脚和纽扣。

她用手按住肚子,疼得咧嘴。褐色头发平常梳得顺滑整洁,如今却脏兮兮的,满是灰尘。昨晚,她决定吃掉一整天没碰的黄油面包片。这是她四天里吃下的第一口食物。但她知道不能让自己虚弱,要想在这里活下去,她必须保持体力和脑力的良好状态。她很清楚,在这种地方,一旦显示出虚弱的迹象就会被立即消灭,所以她只能独自为营。但是体检期间爆发的怒气还没有平息,她这几天没有更好的选择,只能通过绝食继续她的孤独抗议。她没有办法。在此之前,她从未了解什么是真正的反抗。过去她感觉与父亲有很深的分歧,没错。看到男人嘲笑女人,她会产生无声的愠怒。但她不知道,一种情感竟能如浪潮般淹没她的全部身心,直到她什么都做不了,只能声嘶力竭地控诉不齿的行为。她对自己所受的不公正愤愤不平。尽管愤慨丝毫不减,身体却日渐衰弱。她刚想起床就感觉头晕目眩,胃痉挛让她疼痛难忍,饥饿让她感到恶心,几乎拿不动护士送来的一壶水。白天在半明半暗中度过，护窗板被关上，光线却从木板的几处破洞照进房间。她既愤怒又厌倦，从未感觉到如此懒散和无所事事。以前住在父母家，她还天真地以为自己孤单。个性鲜明、敢于挑衅、应答敏捷，她以为这些特征使她成为家中不被理解的异类！或许她以前不被理解，但她并不孤单。那不叫孤独。孤独是在疯女人医院被关禁闭，没有丝毫行动自由，未来也没有任何指望。关键是没有人——绝对没有人——直接或间接地对您感兴趣。

"欧也妮·克莱里。"

她惊讶地听到有人喊自己，于是从床上坐起来。

吉纳维芙站在门口查看屋里的情况：餐具碎片散落一地，高跟皮鞋随意丢在地上，椅子被掀翻，一条腿断成两截。

欧也妮坐在床上看她，表情如同死人。她脸上的光彩和自信都消失了。

"你想去食堂吃饭吗？之后我希望跟你谈一谈。"

欧也妮错愕地扬起眉毛。首先，她惊讶于句子类型：一个问句，而非命令。其次，老前辈的声音有些变化，面容似乎也不一样，尽管逆光看不太清。但是没错，吉纳维芙的身影不像往常那样僵硬，她身上某种东西放松下来。不管这突如其来的礼貌是出于什么动机，欧也妮可以离开房间了。更重要的是，她可以去喝一杯热牛奶。

年轻女子坐在床边,忍着疼痛把脚挤进鞋里,系好裙子仅剩的几粒纽扣。她一边走向吉纳维芙,一边单手将脏头发捋到背后。

"谢谢,吉纳维芙女士。"

"稍后你得打扫这间屋子。"

"那是自然。怪我没控制好情绪。"

"吃完饭之后,你先去梳洗。我等你过来。"

和黎明时分一样,毛毛细雨继续落下。小雨点滴在穿行于医院小径的尖角帽和大礼帽上。

欧也妮在公园找到吉纳维芙。她的头发洗完还没干,编成一根深色长发辫,从一侧落到胸前,目光重新找回了熟悉的坚定。她只需饱餐一顿,梳洗一番,就已经恢复了些许活力和自信。吉纳维芙亲自来给她开门,仅凭这件事就足以让她恢复信心,从前些天浑浑噩噩的状态中走出来。

吉纳维芙在一棵树旁边,避开旁人视线。她看到欧也妮走近,来到她身边。女总管确认周围看不到别人,然后做了个手势。

"我们走走。"

欧也妮跟随她的脚步。小径上空空如也。右手边,公园尽头的矮墙底下,小老鼠沿着墙根逃窜躲雨,找到洞口就赶紧钻进去。草坪上形成泥水坑。细雨越下越大,缓缓落在即将被雨水覆盖的公园里。

两个女人低头前行。吉纳维芙走了几步,手伸进大衣里面,掏出《亡灵之书》递给欧也妮。年轻姑娘一脸不解地看着书。

"快拿好,趁着没人看见。"

欧也妮说不出话。她抓住书,藏进斗篷。

"你哥哥本想亲手交给你。但这不可能,你能理解。"

欧也妮抱紧自己,同时也抱紧斗篷底下被她捧在胸口的书。想到哥哥来过,到这个地方来见她,欧也妮喉咙一紧。

"您什么时候见到他的?"

"昨天早上。"

欧也妮胸口一阵刺痛。她感觉既难过又幸福。哥哥来过这里,他没有忘记她。她并没有原先以为的那么孤单。她思索片刻,偷偷地看吉纳维芙。

"所以呢?既然您没有权限,为什么要给我这本书?"

欧也妮注意到吉纳维芙眼神里的亮光。

"您读过了?"

"书在这里是禁品。作为交换,我希望你为我做件事情。"

吉纳维芙感觉气短,有些头晕。她被自己的表述惊呆了。时至今日,她从未想象过会发生这种情景:她作为病区的女总管,与一名疯女人单独谈话,违反自己定下的规矩,准备提出互惠条件。她不想思考这些。她完全清楚自己的行为有多荒唐，却宁愿一条路走到黑，哪怕将来后悔。

"我希望……和我妹妹讲话。"

细雨变得更大，欢快地拍打沿着医院建筑快步前进的那些身影。两个女人走到公园尽头，站在穹顶通道底下躲雨。欧也妮摘下淋湿的风帽。她沉吟片刻，抬眼看向老前辈。

"女士……既然是交换条件，那么相比于这本书，我更想重获自由。"

"你明知道这不可能。"

"那么很抱歉，和您妹妹讲话也不可能。"

吉纳维芙内心暴怒。她居然在和一个疯女人谈判。真正丢失颜面和理智的人是她自己。她应该继续罚这个布尔乔亚小丫头关禁闭，从此对她不闻不问。但与此同时，这丫头提出的敲诈有理有据，是吉纳维芙愚蠢地把王牌交到她手里。她当然会拿通灵作为条件，提出比区区一本书更高的要求。可以肯定，欧也妮使她恼火。吉纳维芙现在不能放弃。这是她唯一的希冀。况且许诺什么并不重要，又不是非得兑现。虽然不道德，但是承诺只约束守信者。

"好。我会尽量向医生争取。但我必须先和妹妹讲话。"

欧也妮如释重负地点头。现在高兴还太早，但这已经是小小的胜利。或许这个布朗迪娜说得没错，或许吉纳维芙真的能帮她,或许她会比预料中更早离开这里。

"什么时候?"

"今晚,我带你去禁闭室。现在你一个人回病区。我们已经被人看到在一起挺久了。"

欧也妮注视着吉纳维芙。潮湿的帽子滴落水珠,落在女总管的脸庞和肩膀上。平日里无可挑剔的发髻变得松散,侧边露出金色鬈发。由于常年保持威严,她的脸被固定在一个相同的严厉表情上。唯有目光出卖了她。一双蓝眼睛透露出些许关怀,眼神中能读到她的脆弱和不确定。但在她的生命轨迹里,从未有人真正看过她,因此她偶尔表达出来的东西也就悄无声息地被略过了。

欧也妮打量她一会儿,接着给她一个感激的微笑。年轻姑娘重新戴好风帽回到雨中,奔跑着穿过公园。

宿舍今天下午有一项新活动让大家欣喜不已。床铺之间站着一个男人:半张脸被黑胡须藏住,短发用剪刀修剪过,窄小的西装勒住肥胖的腰身。他给人的感觉更适合在乡下种田,而不是在这里悉心摆弄架设在床尾的机器。三脚架上的黑色照相机酷似一台迷你手风琴。两名护士围住摄影师,防止好奇的病人伸手触碰机器。他身边聚集了一小圈人。姑娘们克制住内心的狂喜,目光在照相机的皮箱和男摄影师的健壮身体之间来回切换。

"怪好笑的。以前没人对我们感兴趣。"

苔蕾丝坐在一旁,双腿平放在床垫上,她一边织披肩,一边观察这副场景。与她相邻的床上,欧也妮正在帮露易丝缝补西班牙女裙的破洞。与吉纳维芙谈过之后,她心情平静下来。欧也妮不再愤怒。她在这里待不了多久。她能出去,回到城里,离开这些该死的墙壁重获自由,这些念头让她心里充满慰藉和快乐。一旦得到放行的消息,她要立即写信给泰奥菲勒。他可以带路易来接她,路易能保守秘密,他向来守口如瓶。她先在旅馆住下,然后去找莱马里,把医院的所见所闻全都告诉他,请求为他的杂志写文章。一切将会按照她来医院之前预想的那样展开。这段经历只是意外插曲,正好借此机会与家里断绝关系,至少她不必主动与家庭决裂了。孑然一身,将来她无须对任何人负责。

雨水拍打在窗玻璃上。露易丝趴在欧也妮旁边,轻抚裙子的花边。她心不在焉地瞥一眼摄影师。

"我蛮喜欢他,阿尔贝·隆德。他之前给我拍过照片。他也说我像奥古斯汀。"

欧也妮也看向拍照现场。阿尔贝·隆德站在一个卧床的女人面前。她估计有五十来岁,身穿晨衣,头发用一根玫瑰色缎带扎在脑后。她一动不动,眼神迷离地看向虚空,完全沉浸在自己的白日梦当中，丝毫不在意身边发生的事情。

欧也妮转向苔蕾丝。

"被拍照的女人是谁?"

苔蕾丝耸耸肩膀。

"乔塞特。她从不下床。据说得了忧郁症。就我而言，我尽量不看她，否则搞得我也沮丧。"

摄影师身边的一群人围成半圆形。他按下快门，砰的一声响。疯女人们被吓一跳，齐声尖叫着往后退。只有拍摄对象乔塞特依然纹丝不动。

阿尔贝·隆德全然不在意周围的目光。他拿起相机和三脚架，路过几个床铺，到达新拍摄点。相同一群仰慕者再次跟上去，一边说悄悄话，一边忍住小声的笑。下一位拍摄对象同样郁郁不乐地躺在床上：被子往上拉到下巴，手指紧紧抓牢被子，仿佛怕掉下去似的。两条腿有规律地来回蹭床单。她的眼睛到处在看，但似乎谁都看不见。

欧也妮停下针线活。

"这样不光彩吧?"

露易丝抬头看向欧也妮。

"不光彩?"

"我意思是……别人来拍你们的照片。"

"我觉得挺好。可以向别人展示，告诉外面的人，我们在这里怎么生活，我们是谁。"

"如果人们真想看到你们是谁，就应该放你们出去，而不是……"

欧也妮停顿了。她决定缄口。现在不是鼓动分歧的时候，否则可能影响她离开的机会。这些天，她不仅往护士头上丢餐盘，还反复出言不逊。为了谨慎起见，现在还是低调些好。况且，有时必须选择性地战斗。如果无时无刻不在反抗一切，攻击所有不公正的个人或机构，那样既不可能也不现实。愤懑是一种具有侵略性的感情，不值得被散布。欧也妮明白，这次她的当务之急不是别人的权利，而是她自己的。这种想法是自私的，她感到一丝羞愧，但眼下情况就是这样：她必须首先操心让自己出去。

苔蕾丝放下编织工具，检查披肩的尺寸。

"小姑娘，我跟你讲过……有些人不想离开。不只是我。就算把围墙拆了，我们也不会动。外面三天两头就有女人流落街头，不知道该做什么，也没有个家，你见过那种人吗？造孽得很。这里虽然不完美，是不完美，但我们感觉受到了保护。"

相机快门砰的一声，再次引发围观人群"啊！"地惊叫。床上的女人被吓到了，她把头埋进被子底下，两条腿拼命蹭床单。

露易丝坐在自己床上，端详摊在欧也妮膝盖上的裙子。

"怎么样？丑兮兮的破洞补好没有？"

"你检查一下。"

露易丝认真端详彩色布料的每个褶皱。经过细致的检查,一个灿烂微笑照亮她稚气的脸庞。她下床将裙子抱在怀里,昂起下巴。

"还有六天舞会就到了,我将会穿着这件裙子被人求婚!"

露易丝抱紧她的舞会服装原地转圈,裙子下摆的褶边飞来晃去。接着她在床铺之间蹦蹦跳跳,伴随脑海里的和弦翩翩起舞,跟着节奏随心所欲地转圈,想象自己——在贝尔维尔长大的孤儿露易丝——当着巴黎上流社会人士的面成为医生未婚妻。

晚餐结束,吉纳维芙和欧也妮偷偷溜出宿舍。女总管手拿一盏油灯领路,欧也妮已经熟悉这条走廊。她低头跟在老前辈身后。某种担忧让她两腿僵硬。她从未主动请亡灵出现。每次都是在她没有要求,甚至并不希望的情况下,亡灵前来找她。这些造访还有太多不为人知的奥秘,而且她向来并不喜欢跨越阴阳边界的时刻。但她的担忧或许也是因为她能否自由取决于女总管。如果布朗迪娜不出现,或者她出现了但没有给吉纳维芙满意的回答,欧也妮出院的希望就会更加渺茫。吉纳维芙只有被说服才可能帮助她。于是,欧也妮开始呼唤。她一边走向禁闭室,一边悄声呼唤已经出现过两次的亡灵:肤色苍白、发色棕红的少女。她曾经要求欧也妮告诉吉纳维芙她在场,曾经吐露秘密来向姐姐证明自己确实在那里。欧也妮边走边回忆她的面容,呼唤她的名字,希望布朗迪娜能在某处听到并前来。

远处传来鞋跟踩地的声音,吉纳维芙和欧也妮同时抬头。走廊尽头,一名护士朝她们走来。欧也妮认出此人,随即涨红了脸。她被关禁闭的次日,就是这位护士来给她送食物的。欧也妮发泄怒气的场景把她吓得不轻。

走到她们旁边的时候,护士也认出了欧也妮。她吓得脸色变白,眼神担忧地询问女总管。

"您需要帮助吗,吉纳维芙女士?"

"我很好,让娜,谢谢。"

"我不知道她被放出来了。"

"是我批准她出来梳洗的。而且她已经冷静下来。不是吗,克莱里?你已经冷静下来。"

"当然,女士。"

吉纳维芙用微笑让年轻护士放心,然后继续前行。她丝毫没有表现出局促,但内心确实痛苦。从她带欧也妮进入走廊开始,她的心怦怦直跳。好在右手端着油灯,这才没有颤抖;至于左手,她藏在白色围裙的前侧口袋里。

到了门口,吉纳维芙掏出钥匙串,叮叮当当地打开门锁,让欧也妮进去。她等待护士消失在走廊尽头,确保周围没人看见,接着也走进房间。

欧也妮坐在床沿,咧着嘴脱下高帮皮鞋,揉揉肿胀的小腿。吉纳维芙将油灯放在床头柜上,在围裙口袋里摸索一番,掏出一把白色大蜡烛,递给欧也妮。年轻姑娘一脸不解。

"需要我点燃吗?"

"做什么?"

"当然是为了招魂,不然呢?"

欧也妮惊讶地看着老前辈,接着微微一笑。

"根本不需要仪式。您读过阿兰·卡甸的书,应该知道的。"

吉纳维芙局促不安地将大蜡烛放回口袋。

"他并没有真理的唯一解释权。他的著作仅仅是一种理论。"

"您相信上帝吗,吉纳维芙女士?"

欧也妮的腿已经抬到床上。她盘腿而坐,背靠在墙上,黯淡的眼睛注视着吉纳维芙。女总管似乎对这个问题感到意外。

"我的个人信仰与他人无关。"

"事物的存在并不需要人们相信。我以前不相信亡灵,但它们依然存在。人们可以拒绝、赞成或是鄙视信仰,却无法否认出现在眼前的东西。这本书……让我明白我没有疯。我生平第一次感觉,我不是人群中的异类,而是唯一的正常人。"

吉纳维芙看着她。显而易见,这个姑娘不是疯子。她从一开始就有所怀疑。如果欧也妮从未提起布朗迪娜的名字,如果她从未用任何方式向吉纳维芙证明她的天赋,或许情况对她更有利,或许吉纳维芙就不会既惧怕又好奇地看待她。两三次临床检查就能打消疑虑,证明她的神经活动并无异常。不出一个月,欧也妮就能被送回家。但现在情况变得复杂。首先,欧也妮讲话了。讲了太多。她提到一些按理说不该知道的细节,除非趁吉纳维芙不在的时候去过她家。更关键的是,她在整个医疗团队面前大闹一场,接连几天暴怒、喊叫、咒骂。即便吉纳维芙在上级面前为她求情,上级也不太可能允许她出院。

吉纳维芙瞥一眼四周。她感觉自己站在这里有些愚蠢:和一个陌生女人关在房间里,等待幽灵到来,更别提这个幽灵是她的妹妹。

"所以……我们做什么?"

"什么都不做。"

"什么都不做?"

"我们等她来。等着就行。"

"你不用……召唤她吗?"

"最主要是您让她过来。"

这句话让吉纳维芙心神不宁。她将双手背在身后,收紧下巴,在小屋子里来回踱步。一段时间过去。门外走廊不时响起一阵路过的脚步声,两个女人屏息凝神;当脚步声远去,她们重新放松身体。紧闭的护窗板对着庭院,黑夜里突然传来流浪猫的叫声:两只猫相遇并对峙,争夺一块老鼠肉,或是花园里的一块地盘。几分钟里,两只猫低声怒叫,试图威慑对方,接着扭打成一团,互相凶狠地抓挠和哈气,直到其中一方占上风,或者双方边打边退。医院逐渐恢复宁静,再次入睡。

一个多钟头过去。吉纳维芙坐在床的一角,已经等得极度烦躁,她于是站起身。

"怎样?还没有吗?"

"我不明白……通常她就在这里。"

"你从一开始就在对我撒谎?"

"当然不是。前两次您来的时候,她都在。"

"我受够了。早就知道不该听信你。你以后就待在这儿。"

没等欧也妮回答,吉纳维芙恼火地走向门口。她抓住门把手,却打不开。她用力转动把手,尝试往外推,不明白是什么卡住了。

"怎么回事?"

"她在这里……"

吉纳维芙回过头。欧也妮坐在床上,抬手按住喉咙。她吞咽困难,脑袋轻微前倾,苍白的脸色使女总管不寒而栗。

"是……是您的父亲……他身体不适……他受伤了……"

欧也妮解开裙子领口,以便更好地呼吸。吉纳维芙吓得胃绞痛,抬手按住腹部。

"你到底在讲什么?"

"他的头撞在……厨房木桌的边角……眉骨受伤……左眉骨……他晕倒了。"

"可是你怎么知道的!"

欧也妮闭上眼睛,换了语气。她的嗓音没变,仍然是她本人的音色,但是换成单调的节奏,仿佛她在不带感情地背诵文章。吉纳维芙吓得后退一步,背靠在门上。

"他躺在厨房的黑白格地砖上……事情发生在今晚……他晚餐过后感觉不适……今天早晨他去了墓地……在您母亲和布朗迪娜的墓前放了两束黄色郁金香……分别六枝……他需要帮助。去吧,吉纳维芙。"

年轻女子重新睁眼,望向虚空。她后背往前弯曲,呼吸困难,四肢沉重,毫无力气。她睁大眼睛,一动不动地坐在床上,像是一个被小女孩折腾过的布娃娃。

吉纳维芙僵住片刻。她有一百个问题想问,却说不出话来,只能震惊地半张着嘴。不等大脑命令,两条腿突然行动:她原地调转方向,按下门把手,这次终于按动。她用力打开门,让它砰地撞在墙上,随即快步走出房间:一切开始的地方。

9

1885 年 3 月 13 日

当吉纳维芙到达父亲家门口,克莱蒙费朗市还在沉睡。

前天晚上,一切发生得很快。她记得她跑出房间,在路上找到两名护士,告诉她们自己需要离开。接着她快步穿过荣誉庭,搭上了正在沿医院大道往下走的第一辆出租马车。巴黎的街道熙熙攘攘,仿佛路上闲逛的人都听说了刚才房间里发生的事。

她赶上开往克莱蒙费朗的最后一趟火车,沿途经过十来个其他城市。她在车厢里坐定,这才发现身上仍然穿着护士裙。她用手抚平白衣服的褶皱,似乎这样就能奇迹般地消除工作服的瑕疵。她瞥一眼车窗玻璃,看到里面的倒影:她被自己的脸色吓坏了。眼袋非常明显,金色鬈发从发髻四周散落下来。她用指尖将几缕懒散的发丝往后捋。车厢里的乘客们打量气喘吁吁的女护士。她似乎觉察到,他们对她已经形成判断,对于她的异常态度颇有微词。无论她说什么,无论她如何为自己辩护,都不能改变人们对她的看法。在萨尔佩特里尔工作多年的经验使她明白,谣言的破坏力胜于事实,疯女人即便病愈之后在别人眼中依然是疯女人,任何真相都无法洗清已经被谎言玷污的名声。

火车鸣笛声如同刺耳的喊叫,使得整个车站闻声颤抖。巨大黑色机器的机械装置依次启动,车轮开始滚滚向前,虽不连贯却势不可挡。

吉纳维芙厌倦了压在她身上的目光,于是将额头靠在窗玻璃上,立即进入梦乡。她睡得很沉,没有被任何梦打扰。为数不多的几次,当火车从不知第几个停靠站重新出发,伴随响彻夜空的鸣笛声,车厢突然晃动一下,吉纳维芙随之惊醒,意识到自己实在身心俱疲。她睁不开眼睛:头脑醒来,感觉到火车仍在行进,接着立即陷入睡眠。她仿佛能睡上好几天。醒来的短暂时刻里,父亲躺在厨房地面的场景提醒她为什么身在这里。她想大声喊出他的名字,但仅存的力气只允许她无声地呼唤父亲,告诉他要坚持住,女儿正在赶来,很快就能到他身边。

黎明时分她醒来,额头依然抵着窗玻璃。她睁开眼皮:天空响晴,只有几道淡玫瑰色的火烧云,奥弗涅的群山在远处地平线上画出巨浪似的剪影。延绵起伏的山脉当中，多姆山巍然耸立，比其他山更高大、更庄严，仿佛是这片休眠火山之国的君主。

吉纳维芙进入城里，仿佛仍能感受到火车颠簸。她走在故乡小城的街道上，身体似乎继续随着旅途节奏摇摆。橘黄色砖块砌成的屋顶之上，大教堂的双子塔将两个阴沉冷酷的尖峰高高指向天空。大教堂的黝黑外形如同结构解剖一般，与周围青山环绕的宁静氛围构成反差，确实显得冷酷可怕。

吉纳维芙拐进一条狭窄的街道，最终到达父亲家门口。

房子里悄无声息。吉纳维芙关上身后的门，在客厅走了两步。

"爸爸？"

护窗板紧闭。屋里飘满洋葱汤的香气。她希望看到父亲坐在绿色天鹅绒扶手椅上，安心享用一杯清晨的咖啡。她不想发现他昏倒在厨房地砖上，或者更糟。此时此刻，她希望欧也妮说错了，希望这一切只不过是庸俗的骗人把戏，希望那个疯女人编造谎言只是为了骗她离开医院。

吉纳维芙握紧拳头，朝厨房走去。

屋里没人。长方形餐桌上，前一晚用过的餐具晾在抹布上。地面毫无痕迹。吉纳维芙腿都软了。她抓住一把椅子，虚弱地坐下，手紧紧抓住椅背。"她确实在撒谎。这一切只是演戏罢了。我太天真了。"吉纳维芙低头前倾，另一只手扶额，胳膊枕在大腿上。她说不清感到宽慰还是沮丧，也不知道还能期望或等待什么。事实上，她感到疲乏。她保持前倾姿势，一动不动地待了一会儿，接着目光捕捉到地面上一道深色痕迹。她蹲下身子皱眉细看：两块黑白格子的地砖之间有一些干燥血迹。

吉纳维芙猛地站起身，她跑到客厅里，突然迎面撞见一个老妇人。两个受惊的女人同时尖叫一声。

"吉纳维芙，你吓得我心脏差点停了。我就说呢，好像听见有声音。"

"伊薇特……我父亲……"

"是上帝派你来的，天呐。你父亲昨晚身体不舒服。"

"他在哪里？"

"放心，他没有大碍。他在床上，昨天夜里我一直守着。来吧。"

女邻居露出微笑，这孩子是她从小看着长大的。她满怀安慰地牵住吉纳维芙的手，拉她一起上楼。老妇人的另一只手抓紧楼梯扶手，帮助年迈的身体拾级而上。

"昨天晚上，我和乔治过来送一块蛋糕给他，但是敲门没人应答，就很担心。幸好我们有一把备用钥匙，最后在厨房地砖上找到了他。不过你父亲很坚强：乔治和另一位男邻居把他抬进卧室的时候，他已经恢复了神智。"

吉纳维芙情绪激动地听女邻居讲述。近乎欣快的喜悦心情抬着她走上一级级楼梯。欧也妮没有撒谎。父亲确实身体不适，并且受了伤。倒不是这场意外值得高兴。而是它的发生意味着昨天晚上布朗迪娜在那里，和她们在一起。只有妹妹能知道并告诉欧也妮。吉纳维芙也抓住扶手。她情绪激动得难以喘息。她想大哭一场，想放声欢笑，想抓住伊薇特的肩膀告诉她：自己为什么在这里，如何得知了这件事，以及妹妹如何在守护她和父亲。她想出门，在这座城市的每一条街道上大声呼喊。

老妇人觉察到身后的吉纳维芙情绪激动，于是转身用微笑安慰她。

"别哭，亲爱的。只是眉毛受伤而已。你父亲结实着呢。和你一样。"

到了台阶顶端，伊薇特让吉纳维芙先走。父亲卧室的家具几十年如一日，时间在它们之间冻结。吉纳维芙每年圣诞回家住两天，她每次踏进这间屋子，总感觉自己又变成了小女孩。左边靠墙摆放五斗柜，床两侧分别放一只床头柜，白色花边的纱窗帘罩住一扇扇小窗户。木头不时嘎吱作响，床底灰尘没人清理，少有光线照进这个狭窄空间。它既不热情，又不够古板：

它只是亲切。

鸭绒压脚被原本是蓝色,经过反复水洗已经褪色。格莱兹先生躺在被窝里,两只枕头垫高脑袋。他震惊地看到长女出现在眼前。没等他开口,吉纳维芙快步上前,跪在床边亲吻父亲的手。

"爸爸……我好开心。"

"你怎么来了?"

"我……我休了假。想给您一个惊喜。"

老人惊讶地盯着女儿,左眉骨还能看到前一晚受的伤。他看起来很疲惫,不仅是因为这次意外。自从去年圣诞以来,他脸色阴沉,日渐消瘦,视力下降导致眯缝眼。别人跟他讲话,他好像理解起来比较慢,这在以前从未有过:他注视对方,仿佛在听外语,接着停顿片刻,慢慢理解意思,最后终于回答。吉纳维芙握住父亲瘦削的手,上面满是褶皱。没有什么事情比看到父母老去更令人痛苦:我们小时候以为父母是不朽的,他们是一种力量的化身;而当他们变老的时候,我们意识到这种力量已经消失,取而代之的是不可逆转的虚弱。

男人用双手捧住女儿的头,接着他身体前倾,亲吻她的额头。

"我见到你也很开心,虽然挺惊讶的。"

"您需要什么吗?"

"我只想睡觉。时间还早。"

"好的。我一整天都在这里。"

父亲把脑袋放回枕头上，闭眼休息。他的左手留在女儿头上。吉纳维芙跪在床边不敢动，也不敢移开这只手——父亲至今不敢赐予她祝福的这只手。

长日漫漫。吉纳维芙留父亲在楼上休息，自己习惯性地做起家务：她扫除家具底下的积灰，仔细熨烫父亲的衬衫和长裤，用毛掸清理架子上的灰尘，打开窗户让新鲜空气进屋。她去集市上买回来面包、蔬菜和奶酪，清扫小花园的落叶。在干活的间隙，她不时去卧室看望父亲，为他送去一杯茶，确保他不缺任何东西。吉纳维芙心平气和地穿梭在不同房间。她脱下护士裙，换上留在父亲家的休闲裙；难得一次不扎发髻，一头鬈发落在肩上。她从容不迫地完成一项项家务和采购工作。

在这座安静的房子里，一种忧伤的气氛延续至今。先是妹妹突然离开，五年之后，母亲也随女儿去了。自从年老体衰的父亲无力行医，再也没有病人踏进家门。朴素的房子里再也没有往日那样的谈话、活动和欢笑。每当吉纳维芙回来过圣诞，她总感觉家里的一切都很阴沉：再也没有其他人会坐的扶手椅，二楼房门紧闭的布朗迪娜的卧室，独居男人用不上的一大堆餐具，花园里无人打理的枯花和野草。如果不是因为邻居夫妇常来拜访,这座房子恐怕早已失去生命迹象,甚至早于它的最后一位住户。

客厅的钟敲响四声。厨房炉火上架着一口生铁锅,吉纳维芙拿木勺轻轻搅拌锅里的蔬菜。她的手在微微颤抖。旅途的奔波和情感的起伏让她倍感疲惫。她盖好蔬菜汤的锅盖,走到长沙发旁边坐下。坐垫比较硬,她坐得不舒服,只能保持笔直的姿态。也好,至少她不会想睡觉。她将手肘撑在扶手椅上,用手指梳头发,目光在屋里游移。这一次,她没有像往常那样感觉房子阴郁。书架,扶手椅,挂在墙上的画,椭圆餐桌:这些东西不再阴沉。不在场并不等于遗弃。她童年的房子里即便妹妹和妈妈都不在了,或许依然保留着两个女人的某种东西:并非她们的个人物品,但为什么不能是一种念想、一种在场、一种意愿呢?吉纳维芙想到布朗迪娜,想象她就在这里,在某处——比如屋子角落,正在观察自己。这个念头虽然荒唐,却让她感到平静。还有什么能比知道死去的至亲就在身边更抚慰人心呢?死亡变得不太沉重,不太致命。存在变得更有价值,更有意义。没有前世或来生,只有一个整体。

吉纳维芙笔直地坐在长沙发边沿,沉浸在不被打扰的安静当中。她惊讶地发现自己在微笑。不是她在医院工作团队面前的微笑。此时此刻,她的微笑是诚挚的、稀有的、惊人的。她仿佛不好意思,抬手挡住快乐的嘴唇。她闭上眼睛,深吸一口气,填满整个胸腔:她终于明白什么是信仰。

夜幕笼罩奥弗涅小城的屋顶。窗外街道上传来最后的马蹄声,以及偶尔的行人讲话声。太阳落山之后,人们从不在外久留,而是加快回家的脚步,匆匆路过打烊的商铺门面。处处关闭护窗板,日光逐渐昏暗。很快,街道上和房屋里都没有一点声响。在这座小城,人们日出而作,日落而息。

厨房里,木柴的小火堆供人取暖,顺便照亮房间的一部分。吉纳维芙和父亲共进晚餐,桌上放着一盏油灯。他们用木勺刮碗底,喝完最后几滴汤。吉纳维芙原本提议在楼上吃晚饭,但是父亲厌倦了卧床,选择下楼来吃。

"您想添点汤吗,爸爸?"

"不用,谢谢。我不饿了。"

"我煮了很多,您接下来几天还可以喝。我今晚得回巴黎。明天早上有公开课,而且我还要监督舞会前夕的准备工作。"

父亲抬头看向女儿,轻轻一瞥,检查她的容貌。某种东西改变了。不像是生病,不是。女儿不如往常那样严厉,那样刻板。她的头发似乎更金黄,眼睛也似乎更蓝了。

"吉纳维芙,你有心上人了?"

"哦不。您为什么这样讲?"

"那你想告诉我什么消息?"

"我不明白。"

父亲将汤匙放到碗里,用格子图案的餐巾擦拭嘴唇。

"你说今晚必须回巴黎。为什么来看望我只待一天?你肯定有消息要告诉我。你生病了吗?"

"我向您保证没有。"

"不然是什么呢?别这样卖关子,我没有耐心。"

吉纳维芙脸红了。她只有在父亲面前才会脸红。她两腿往后撤,长凳腿在地砖上摩擦,发出刺耳的声音。她站起身,在厨房里走几步,双手紧握在一起。

"有一个原因……但我害怕您的评判。"

"我评判过你吗?"

"从来没有。"

"我只评判不真诚和谎言。你知道的。"

噼啪作响的火堆前面,吉纳维芙紧张地来回踱步。系纽扣的裙子领口有些勒脖子,但这不重要。

"我……我得知您身体不适。所以我回来了。"

"你怎么会知道?伊薇特还没给你写信呢。"

"我知道了。我以最快的速度赶来了。"

"你在讲什么?你现在出现幻象了吗?"

"并不是我。"

吉纳维芙在父亲身边坐下。或许她应该独守这个秘密。

但分享会使它变得具体、切实。她希望有另一个人知道这些事。她想让父亲相信,正如她自己相信。

"我既害怕又开心能向您坦白。请听我说……是布朗迪娜。布朗迪娜提醒了我。"

父亲像石像般定格不动。这是医生的职业病:诊断出严重疾病的时候,暂且不向病人透露半分。他将手肘靠在桌面,看着吉纳维芙站起身,用他从没听过的语气讲述。

"有个新来的疯女人,上星期刚进医院。家属声称她能和死人交流。我起初完全不信,您是知道的,我继承了您的笛卡尔精神。直到她证明我错了。她向我证明了,父亲。前后三次。我知道,您一定感觉这很荒唐。我起初也这样觉得。我这辈子从不发誓,但是现在,我向您发誓:布朗迪娜对她说话了。有些事情是这个姑娘不可能知道的,除非妹妹告诉她!而且,是布朗迪娜提醒我们您发生了意外。她在守护,爸爸。她在守护我,还有您。她一直都在。"

吉纳维芙突然坐下,双手捧住父亲的手。

"我过了些时间才最终相信。我想,您也需要一段时间。如果您仍然怀疑,请来医院见她,您会明白的。布朗迪娜在我们身边。或许她此时此刻就在这里,在厨房陪伴我们。"

父亲抽回手放在桌面,脑袋低垂在汤碗上方。他沉默良久,对于吉纳维芙而言相当漫长。他表现出临床检查的专注神情,一脸认真地分析刚注意到的病症,仔细思考最有可能的诊断结果。最后他摇了摇头。

"我就知道,在一群疯女人身边工作,总有一天你也会变疯……"

吉纳维芙愣住了。她想向父亲伸出手,却做不到。

"爸爸……"

"我可以给萨尔佩特里尔写信,告诉他们你刚对我讲的这些话。但我不会那样做,你毕竟是我女儿。不过,我希望你离开我的家。"

"为什么赶我走?我向您坦白了。"

"你说的可是死人。一个死人跟你讲话。你明白吗?"

"没错,爸爸,请相信我。您了解我,我不是疯子。"

"你那些疯女人不也是一天到晚这样讲吗?"

吉纳维芙扭头看向旁边。炉膛里毕毕剥剥的火堆给她温暖。她在长凳上转身背向餐桌,环顾四周:厨房里再也没有任何东西让她感觉亲切。堆在地上的平底锅,挂在墙上的抹布,小时候和父母、妹妹一起吃饭的长木桌。就连坐在长凳上的男人,她都觉得陌生。突然,他就像是她平日里见到的病人父亲:那些父亲坐在她的办公室,满怀对于女儿的鄙夷,因女儿而感到万分羞耻,毫无内疚地签署住院材料,女儿在他们眼中已经是被遗忘的外人。吉纳维芙站起身,感觉天旋地转,膝盖磕到了桌腿。她踉跄几步,双手扶住墙壁。她试图控制自己的呼吸,转身望向一动不动的男人。

"爸爸……"

男人屈尊抬头看她。没错,吉纳维芙认出了这个眼神:它属于那些对女儿不再有任何好感的父亲。

一只手摇晃露易丝的肩膀。

"露易丝,快起来。你有课呢。"

女护士叫少女起床,周围其他人纷纷苏醒。女人们慵懒地下床,套上裙子,往肩膀上搭块披巾,疲倦地扎好头发,离开宿舍去食堂。窗外下了两天的雨还在继续。公园草坪的水洼越积越多,雨水在铺路的石块之间淌成小溪,潮湿的小径上空无一人。

"露易丝!"

露易丝气恼地将被子拽到脸上,翻了个身。

"我好累。"

"这可由不得你。"

露易丝睁大眼睛,从床上坐起来。护士面向疯姑娘后退一步。

"吉纳维芙女士在哪儿?为什么今天不是她来叫我起床?"

"她不在。"

"今天还不在？但她应该回来了呀，今天有课！"

"这次是我带你去。"

"不。不行，没有她在，我哪儿也不去。"

"真的吗？"

"就不。"

"那你也不希望惹夏科生气吧。医生信任你。这你是知道的。"

露易丝垂下眼睛，像是被人拿捏的孩子。宿舍里只能听到雨滴拍打瓷砖的声音。屋里温度又降下来，湿气使人皮肤战栗。

"怎么说？你想惹他生气吗？"

"不想。"

"我就知道。跟我来。"

小礼堂旁边的准备室里，还是那群医生和实习医生在等待疯女孩。女护士一只手开门，另一只手抓住被检查者的胳膊。巴宾斯基向两个女人走来。

"谢谢，阿黛尔。格莱兹女士还没到吗？"

"还没有看见她。"

"好的。不等她了，我们马上开始。"

巴宾斯基瞥一眼露易丝，她胖乎乎的一双小手轻轻颤抖，几缕头发落在苍白忧虑的脸上。

"阿黛尔,帮她系好裙子纽扣,再梳下头发。把她收拾得体些,这副模样活像个低能儿。"

女护士吸一口气,强压内心的不悦。在男人们安静的注视下,她抓住露易丝的肩膀,系好裙子的纽扣,接着用不太灵活的手指将少女厚厚的黑发往脑后捋。指甲刮到小露易丝的额头和头皮,少女咬着嘴唇忍住呜咽。她希望看到吉纳维芙随时出现,竖起耳朵等待走廊里的脚步声,眼睛盯着门把手期待它转动。女总管不在,一切好像不确定。这个女人虽然不受疯女人们喜爱,但她对于病人的福祉却不可或缺。她调整偏差,防患于未然,在公共课上让露易丝安心。只要她在场,就说明有人关心和守护露易丝,少女就能自信地站在台上。吉纳维芙是病区的支柱,一旦离开她,脆弱的结构就会坍塌。这个女人能约束其他所有女人。露易丝知道今天早上她不来,任凭自己被人领进小礼堂,内心麻木不仁,不抱任何希望。

露易丝走上台,底下清一色的男性观众屏住呼吸。木地板在她脚下嘎吱作响。没人注意到她不像往常那样活泼,取而代之的是一副不抱幻想的表情。在大约四百名观众的注视下,她走向舞台中央,不带任何能证明她确实是疯子的抽搐或动作。露易丝任人摆布,浑然不知是哪只手操纵她,哪个声音对她说话、催眠她,哪双手臂在她往后跌倒时接住她。她任由自己失控,知道大约一刻钟后会恢复清醒。演示将会结束,夏科将会满意,而她将会回去睡觉,忘记这段糟糕的经历。是的,幸好还能睡觉,什么都不用想。

但是恢复清醒的环节不像她平常熟知的那样。重新睁开眼皮时,她已经被医生团团围住,一张张担忧的脸庞凑到她平躺在地面的身体上方。不同寻常的、紧张不安的嘈杂声音在观众席上回响。她的耳朵嗡嗡作响。露易丝晃动脑袋,试图驱散这个让她难受的声音。接着她看到夏科穿过围成一圈的人墙,在她右边蹲下,向她展示手里拿着的工具:一根又长又尖的金属棒。她听不见医生对她说什么,只见他卷起她的衣袖,将金属棒的尖锐套管扎在右臂靠上的位置。她条件反射地试图移开胳膊躲避疼痛,却动弹不得:手臂被卡住了。夏科继续操作。少女躺在地面,他把整个右半边身体扎了个遍:右手、手指、肋部、大腿、膝盖、胫骨、右脚,最后是脚趾。医生们焦急地等待露易丝的表情或反应。夏科的神色与其说是担忧,不如说是专注。他抓住少女小小的左手,用工具扎在掌心。露易丝疼得"哎唷!"叫出声,围在旁边的一圈人被吓一跳。

"右侧偏瘫。"

这句她听见了。她已经清醒。少女赶忙用左手抓住肚子上一动不动的右手:她晃动它,拍打它,没有感觉。接着她掐自己的右臂,它像是睡着了;她掐自己的右腿,它却再也抬不起来。露易丝情绪激动地试探身体,但其中一侧毫无反应。

"我什么都感觉不到了。为什么我什么都感觉不到了?"

她暴怒,咒骂,继续折磨无法动弹的右侧肢体,徒劳地期望能刺激它们,尝试来回摇晃,想要找回哪怕一丁点知觉。接着,怒气被慌张取代,她喊叫,试图坐直身体却失败,大声呼救。她的呼喊声充斥整座小礼堂,吓坏了震惊的观众。所有医生和实习医生身体僵住,不知所措地看着露易丝。这时,直到这时,吉纳维芙才出现在人群中。女总管连续两天搭乘夜班火车,面容十分疲惫。她发现露易丝躺在地板上,少女也看到了她,撕心裂肺地呼唤道:

"女士!"

露易丝的左臂伸向她已经放弃等待的女总管。与此同时,吉纳维芙跪下,将少女抱在怀里。两个女人就这样抱住彼此,分享只有她们能懂的痛苦。在她们身后,不知所措的男性观众面面相觑,甚至不敢再呼吸。

10

1885 年 3 月 15 日

皮加勒广场。路灯下,市政职员手执长杆点亮煤气灯。雨停了。人行道湿漉漉的,建筑物的檐沟出水口仍在淌个不停。人们摇晃木质护窗板,甩掉水珠。商铺和咖啡馆的店主在遮阳帘底下举起扫帚柄往上捅,除掉帆布上积攒的雨水。点灯人穿过广场,继续完成傍晚的照明任务。

到达让-巴蒂斯特-皮加勒街的高处,吉纳维芙停下脚步。她双手扶胯,调整呼吸。从萨尔佩特里尔出发,直到通往蒙马特的斜坡,这一路走来还挺远。她走得很快,快到好几次险些被林荫大道的风吹飞帽子。她害怕在夜幕下到达皮加勒,于是提前下班,步履匆匆地出发。走到全程最后一段上坡路,她被远远看到的建筑工地震撼了:蒙马特山丘的至高点上,一座天主教大教堂拔地而起，成为全巴黎热议的话题。它庄严的剪影立于山丘之上，勾起首都人民反而想要忘却的一段记忆：巴黎公社。

吉纳维芙鄙夷地环顾四周。广场的安静令她错愕。根据报纸和小说的描述，这个街区按理说很糟糕：遍地都是酒馆和妓院，聚集了众多无业游民、江湖骗子、风尘女子、不忠的丈夫、古怪的人以及艺术家。巴黎再也找不出比它更道德败坏、灯红酒绿的街区。正因为它臭名昭著，吉纳维芙从未踏进这里一步，也就无法亲自验证传言。她的生活仅限于住所和医院之间两点一线，从来不想去别处看看，了解巴黎的其他街区。

她走上右边的人行道。一家咖啡馆坐落在拐角处，名为新雅典。店里人头攒动，几乎看不到波尔多红的软垫长凳。附近居民厌倦了阴雨连绵的天气，躲进他们最爱光顾的赭石黄色墙壁的店里。知识分子们一边吞云吐雾，一边热烈辩论。有些人谈笑风生，手势自信，再点一杯苦艾酒。还有些更文静，他们观察人群，拿铅笔在笔记本上速写，眼神低垂着抽烟。这里的女人眼神讥讽，身材迷人；这里的男人言辞犀利，潇洒从容，关心时政。每家咖啡馆都有自己的气场，新雅典就是某种躁动的所在：就连吉纳维芙这个留意观察的局外人，她都能在路过店面的时候觉察到，先锋思想在这里互相碰撞、彼此启迪。

吉纳维芙拐进垂直于克利希大道的日耳曼-皮隆街，进入一座四层楼房。楼梯井狭窄潮湿,光线昏暗。爬到顶层,右侧门后传来女人们的笑声。吉纳维芙敲三下门。屋里有脚步声靠近。

"谁呀?"

"吉纳维芙。格莱兹。"

门打开一半,露出一位烈焰红唇的年轻女子,吉纳维芙吃了一惊:她不习惯看到浓妆艳抹的面孔。陌生女人注意到她的惊讶,一边从头到脚打量她,一边啃手里抓着的苹果核。

"有事吗?"

"让娜在不在?让娜·布东。"

"她不叫这个名字了。让娜是以前的事。现在她叫珍妮·阿弗莉,是个英国名字。"

"这样啊。"

"您哪位?"

"吉纳维芙·格莱兹。我在萨尔佩特里尔工作。"

"哦。"

年轻女子打开门。她身穿一件背带裙睡衣,也是红色,长度及膝。她巨大的发髻上装饰着几朵花。

"请进。"

在这间简朴的公寓里,来客想去会客室,必须看准地方下脚:一箱箱衣服和演出服,蹭人小腿的猫咪,一些全身镜,塞满各种物件、珠宝、饰品的抽屉柜,到处随意摆放的木椅。会客室散发出玫瑰香水和香烟混合的气味,四个女人坐在地板或沙发上玩纸牌。借着油灯的光亮能看到,她们穿得同样轻便舒适:一件简单的晨衣,胳膊或是裸露,或是盖着自己织的披肩。她们一边抽烟,一边用小玻璃杯喝威士忌。

沙发脚下,一个小巧可爱的褐发女子瞥一眼纸牌,嘟囔着发起牢骚。

"又是利松赢,搞没搞错?"

"这叫天赋。"

"这叫出老千还差不多。"

"愿赌服输,别拉个臭脸。"

"是你的香水碍我事:你能一路熏到克利希广场。"

"至少今天夜里我不会闻到那帮臭男人的味儿。"

两个女人走进会客室,年纪最小的姑娘认出了吉纳维芙。她惊讶地张开嘴,放下手中的纸牌,向女总管伸出双手。

"女士,这真是个惊喜。您怎么来了?"

"我想来看望你。你不忙吧?"

"一点不忙。咱俩去厨房聊。"

几支蜡烛照亮陈设简朴的厨房,十七岁少女在小火上煮咖啡。一年多之前,让娜还和其他疯女人一起睡在宿舍。萨尔佩特里尔医院收治了这个身体虚弱、神经过敏的小姑娘:她起初患有癫痫,惨遭酗酒的母亲殴打,差点绝望地跳进塞纳河,幸而被路过的妓女们救下一命。让娜在夏科的病区住了两年。她在那里发现了舞蹈和身体律动——她的身体。她占据空间,让一种只求存在的优雅得以表达。出院之后,她来到蒙马特继续跳舞,在酒吧,在餐馆,只要有舞台能让她摆脱试图麻痹她的童年,随便哪里都行。离开之后,她回过医院两次。纤长的身材,匀称的鹅蛋脸,小鹿似的眼睛,俏皮的嘴巴,这些使得让娜引人注意、惹人怜爱。人们愿意听她讲话,看她走动,这个忧郁且迷人的小丫头真叫人看不够。

"我们好像没糖了,女士。"

"没关系。你坐下。"

让娜将杯子递给吉纳维芙,接着坐在小木桌上,与她面对面。女总管双手握紧热咖啡杯。她没有脱下帽子和大衣。

透过窗子能看到穿行于皮加勒广场的出租马车。

"今年的斋中舞会结束了吗?"

"还没,再过三天举行。"

"哦。姑娘们肯定很兴奋。"

"是的,她们等不及了。"

"苔蕾丝最近怎么样?"

"老样子。不停织东西。"

"我还留着她送我的几件披肩。每次看到它们,每次披在身上，我都会微笑。"

"留着关于医院的东西，你不闹心吗？"

"哦不，女士。"

"我的意思是，不会勾起你不好的回忆吗？"

"完全不会。我喜欢萨尔佩特里尔。"

"当真？"

"如果没有您，没有夏科医生……我永远得不到解脱。多亏你们我才会好转。"

"但是即便……即便今天再回头看……当初没有事情让你不舒服吗？从来没有？"

年轻姑娘震惊地看着吉纳维芙。她思索片刻，转头看向窗外。

"那是我生平第一次感觉被爱，在那里。"

吉纳维芙也看向窗外。她觉得自己不该在这里，不该提这些问题：倒不是愧对让娜，而是愧对医院。她感觉在背叛医院。可她从未质疑过医院的做法。迄今为止，她比任何人都更全心全意地维护那里，甚至超过实习医生们。萨尔佩特里尔与使其名声在外的医生都在她心中拥有很高的地位。而且向来如此。但她心中已经种下怀疑的种子。人怎么会如此长久地相信一样事物，某天却又质疑它呢？如果信念能被动摇，坚守它有何意义？或许人不可能信任自己。或许她可以重新审视自己对医院的忠诚——她一向推崇备至的医院。

吉纳维芙想到露易丝。今天早晨,当列车到达巴黎火车站,她匆忙拦下出租马车,赶往萨尔佩特里尔。她一下车就跑向小礼堂,还没等穿过弹簧门,已经听到屋里传出来露易丝的喊叫声。刚一进门,首先让她震惊的就是在场男性的呆滞。露易丝的身体躺在讲台上。她挥舞左臂,哭喊,求救,男人个个呆若木鸡,仿佛被女人的绝望吓傻了。吉纳维芙已经明白发生了什么:她远远就注意到,少女右半边身体无法动弹。她走上讲台,推开挡路的男人们,本能地将少女抱在怀里。她不假思索就做出了这个对她来说十分新鲜的动作。她从不拥抱疯女人——或者其他任何人。最后一个与她相拥的人是布朗迪娜。

吉纳维芙就这样搂住露易丝,直到她停止哭泣。人们将精疲力竭的少女带回宿舍,并且向震惊的观众致歉。

上午稍晚一些,巴宾斯基向吉纳维芙解释,这次催眠比以往更进一步,少女的歇斯底里发作更加激烈,造成右侧偏瘫。"这十分罕见,极具研究价值。我们准备研究这一病例。下次公开课上,我们要尝试扭转她的瘫痪状态。"这番话让女总管感到不适。连续两夜乘坐火车的疲劳更加重她的不安。自从听到父亲的话,她感到脆弱,无法理性思考。她决定继续正常工作,以此避免思考。下午听到两个疯女人聊到已经出院的小让娜·布东,她这才临时起意要来拜访这位曾经的病人。她需要找个了解情况的人谈一谈。

厨房里,让娜站起身,在壁橱里找一盒火柴。她从围裙口袋里掏出一小根香烟点燃,接着站在那里,仔细端详这位曾与她朝夕相处两年的金发女子。女总管看向窗户,脸上的忧郁取代了昔日似乎一成不变的严厉。

"您变了,吉纳维芙女士。"

"是吗?"

"您的眼神。不一样了。"

吉纳维芙呷一口咖啡,眼睛盯着杯子。

"或许吧。"

中午刚过,间歇出现的晴空让萨尔佩特里尔恢复了生气。阴雨连绵的天气终于暂停,一些女人趁此机会到公园散步,另一些选择去礼拜堂冥想。她们在圣母或基督面前低垂着头,默默或者小声地祈祷:有的祈祷病愈;有的祈祷保佑丈夫或孩子,即便已经忘却他们的面容;还有些人没有具体原因,她们祈祷只是为了对某人讲话,希望消息在某处被接收,仿佛相比于女护士或其他疯女人,上帝更擅长聆听她们的声音。

留在宿舍的人忙着对舞会服装做最后修改。太阳光束照亮女人们坐着的床铺。她们或是独自一人,或是聚在一起,裁剪、缝补、折叠、粘贴,总之兴高采烈地加工布料和刺绣。三天后就是舞会。她们急不可待,时不时爆发出神经质的、欣快的笑声。

宿舍角落里,远离扎堆修改衣服的人群,苔蕾丝温柔地抚摸露易丝的头发。最年长的疯女人丢下针织工具,专心守护年轻的少女。露易丝仰面平躺,右臂弯折,瘫痪的手放在胸前,任由苔蕾丝的手指怜爱地滑过她浓密的头发。从昨天到现在,她一个字都没讲。她的眼神游移不定,既没有明确目的,也看不进任何东西。护士们按时送来食物,一块面包,一些奶酪,甚至破例带给她一块巧克力,但无济于事。她躺在被单下,仿佛彻底石化了。

邻床的欧也妮看着这一切。从昨天开始,吉纳维芙批准她和其他人一起睡在宿舍。欧也妮到达时,人们正好将半昏迷的露易丝送回来。苔蕾丝惊呆了,她丢下针织的家什,迎接被一节公开课折腾得不成样子的女孩。"哦不,不,我的小露易丝……他们对你做了什么?"苔蕾丝强忍泪水,协助实习医生们将露易丝抬到床上。忧郁席卷了宿舍。今天姑娘们巴不得逃离阴郁的氛围。

欧也妮盘腿坐在床上,胳膊交叉放在胸前。她看着露易丝,再次默默升起一腔怒火。她知道自己什么都做不了。她怎么能反抗护士们、医生们、那位医生、这家医院?毕竟嗓门稍微高些都能被关禁闭,或者被浸湿乙醚的手帕捂脸。

她瞥一眼窗外的公园。远处,人们在铺满阳光的小径上散步。看到那些人,她回忆起童年的相同感受——父母带她去蒙梭公园散步的感受。春夏时节的礼拜天,一家人沿着公园主路溜达,或是走在更加绿树成荫的小路上,观赏水池和柱廊,穿越带栏杆的白桥,路上遇到其他玩耍的小孩,妆容精致的女人们,一边讲话一边舞弄手杖的布尔乔亚。她也记得和家人在草地上野餐,记得手掌压在新鲜青草上的感觉,记得她轻轻抚摸的法桐厚树皮,记得麻雀叽叽喳喳地从一个枝丫飞到另一个,记得一大群手持遮阳伞、身穿带衬裙子的女人,记得追赶小狗的孩童,记得黑色大礼帽和花朵装饰的女帽,记得公园充满宁静,仿佛时间停滞,人们畅享生活,那时的她和哥哥还能享受当下,无须惧怕未来。

她摇摇头,赶走这些念头。忧郁不符合她的天性,但仅凭这些回忆足够让她陷入麻木,眼下她将无力从中抽身。

对面的床上,露易丝终于将月亮似的苍白圆脸转向苔蕾丝。

"他永远不会爱我了,苔蕾丝。"

苔蕾丝先是一惊,接着放下心来——少女总算开口讲话了。她扬起眉毛,微笑问道:

"谁呀?"

"于勒。"

年长者忍住没翻白眼,而是继续抚摸露易丝的头发。

"他已经爱上你了。是你告诉我的。"

"没错,但是……我这样就没戏了。"

"他们会治好你的。我见过夏科治好偏瘫。"

"假如我就是治不好呢?"

苔蕾丝愣住了。她从未见过夏科治好偏瘫患者。对露易丝撒谎让她很不自在,但有时谎言不只是必需品,它能安慰人心。

宿舍门口传来的声音把三个女人都吓一跳。

"苔蕾丝!"

她们扭头看同一方向。

一名女护士站在门框里,示意苔蕾丝过去。

苔蕾丝将手放在露易丝肩上。她感觉无力圆谎,护士的打扰让她松了口气。

"我得去做检查,露易丝,马上就回。现在有人陪你。"

苔蕾丝给欧也妮一个微笑,然后离开宿舍。她在门口迎面碰到吉纳维芙,随即身体僵直。两个女人看到彼此,都定住不动。苔蕾丝满怀忧伤和怨恨地望着女总管。

"您没有保护她,吉纳维芙。"

苔蕾丝走出宿舍,把吉纳维芙丢在原地。这句批评刺痛她的心。她抬眼看向露易丝:欧也妮站在少女床边。她一动不动,脑袋微微右转,仿佛听到肩膀后面有什么东西或人。

宿舍其他疯女人没有注意到这一场景。她们只关心如何精心修饰舞会裙子。至于护士,她们在周围巡视,确保病人反复无常的情绪不会突然发作。

两个年轻姑娘远离人群,吉纳维芙悄悄靠近她们。欧也妮站在露易丝身边,她完全静止,乌黑的发丝在头顶盘成发髻,露出笔直优雅的后颈。她的脸庞依然转向一侧。她在聆听,时不时轻轻点头,动作幅度很小。吉纳维芙仔细观察她身体的细微反应,否则也看不出她点头。

欧也妮将手放在露易丝左肩上。接着,轻悄悄地,不引人注意地,她俯身靠近少女,为她唱起一首童谣:

亲亲宝贝,乖乖女孩,白白皮肤,如同牛奶。
宝贝可知,你那双眼,多么完美,多么明亮?
有你相伴,在我身旁,我的灵魂,熠熠生光。

露易丝瞪大眼睛,盯着欧也妮。

"这……这是我妈妈唱给我的歌。为我唱的。"

她的左手抬到胸口,找到无法动弹的右手,紧紧地握在指间。种种回忆浮现在她眼前。

"你怎么会唱?"

"你唱过一次。"

"是吗?"

"对的。"

"我不记得了……"

"如果三天后,你去参加舞会,我想你妈妈会感到高兴的。"

"哦不,妈妈会觉得我这样很丑。"

"恰恰相反,她会认为你很美。她希望你穿上舞裙,好好享受音乐。你喜欢音乐,对吗?"

"嗯。"

露易丝的左手继续神经质地拨弄右手。她犹豫地撇嘴。思索片刻后,她突然抓住被子盖住脸庞,整个人躲进被单底下。只露出一堆浓密的头发,散乱摊在白枕头上。

欧也妮转过身子,伸手去扶自己的床。她仿佛感觉虚弱,勉强坐到床垫上,身体重重落下。另一只手捧住脸庞,深深地喘息。

吉纳维芙不敢动弹。当她明白眼前发生的事情,气息暂停几秒钟,然后她才意识到自己屏住了呼吸。亲身经历是一回事;从旁观者视角来看,简直如同神迹。

她走向欧也妮。年轻姑娘身体弯折,听到鞋跟声音靠近,她抬起苍白的脸庞。看到吉纳维芙,她立即站直。

"我看到你刚才做了什么。"

两个女人互相注视片刻。自从那天晚上,欧也妮告诉吉纳维芙她父亲受了伤,之后两人没再交谈过。欧也妮自己也震惊于获得消息的方式。苦等一个多钟头,亡灵迟迟不出现,突然房间变沉重,一阵突如其来的疲倦将她压垮。她感觉重量压在房间每一处,在她身上,在家具上,甚至在上锁的门把手上,导致吉纳维芙出不去。她没看到布朗迪娜:这一次,她看到的是布朗迪娜的声音描述的场景。就像彩色照片,仿佛有人将相册摊在她面前,所有的画面鲜活准确,细节详尽。她看见她们父亲的房子,看见厨房和他吃饭的餐桌,看见男人趴在地砖上,眉骨受了伤。她还看见墓地,看见母女二人的坟墓,以及父亲放在墓前的郁金香。布朗迪娜的声音焦急恳切,必须说服吉纳维芙:最终她确实被说服了。她刚离开房间,布朗迪娜随即消失。欧也妮躺在床上,一夜没睡。这次事件让她心烦意乱。她才刚开始习惯看见死人、听到他们讲话,现在还必须有能力看到其他东西:一些并非出自她想象的画面或场景。她感觉自己变成工具人,被其他人剥夺。别人利用她的精力和天赋,达到传递消息的目的,用完就把她丢到一边,毫不在意她精疲力竭。她不再能控制事情的发展。她扪心自问:为什么要忍受这种令她身心俱疲的紧张状态?有什么用呢?拥有这项天赋似乎并不合理。

从那之后,这些担忧一刻不停地折磨着她。只有一个男人能够给她答案,他不在这里,而在圣雅克街。

吉纳维芙看到护士们望向她俩的方向。她恢复平日的严厉神色,用手指着欧也妮。

"整理床铺。"

"什么意思?"

"有人在看我们。我们不能像朋友一样交谈。整理床铺,听我的。"

欧也妮也注意到护士们专注的眼神。她艰难站起身,抖一抖羽毛枕头。吉纳维芙伸出食指,随机应变地下达指令。

"我看到了你为露易丝做的事。真了不起。"

"我不知道。"

"床单塞进床垫和床绷之间。你这话怎么说?"

"我做的事情没什么了不起。我听到讲话声,仅此而已。"

"所有人或许都希望拥有你的天赋。"

"如果可以,我乐意转让。它对我毫无用处,除了让我精疲力竭。床铺理好之后,我要做什么?"

"整理另一张床。"

两个女人来到下一个床铺,同样是床单、被子和枕头。欧也妮依次抖动、折叠、整理完毕。吉纳维芙继续下达流程指令。

"如果你觉得毫无用处,那你可就错了。"

"我不知道您还期望我做什么。您已经得到想要的证明。您究竟帮不帮我?"

欧也妮愤怒地用枕头拍打床垫。护士们的注意力集中在她俩这里,尤其是在欧也妮身上。她们眼神警戒,手揣进围裙口袋,准备掏出小瓶装的乙醚。

紧张局势没有持续很久。突然,一个声音划破了沉闷安静的空气。

"吉纳维芙女士!"

一名护士刚进宿舍,朝着吉纳维芙跑过来。她的白围裙上能看到血迹。疯女人们停下手上的活计,看着惊慌失措的护士在床铺之间奔跑。

"女士,快来!"

"发生什么事了?"

"是苔蕾丝!"

女护士两颊苍白,她在吉纳维芙面前停下。

"医生说苔蕾丝已经痊愈,她可以出院了。"

"然后呢?"

"她拿剪刀割破了两只手腕。"

喊叫声响彻宿舍。一些疯女人站起身,原地跺脚;另一些瘫倒在床上。护士们赶忙安抚突然恐慌的人群。原本欢快的整体气氛急转直下。露易丝将被子往下拽,露出一脸惊愕。

"苔蕾丝?"

吉纳维芙惊得说不出话。宿舍蔓延开来的惊慌情绪让她晕头转向。一切不再受她掌控。她原本成功在这里构建起脆弱的平衡,如今却被打破——从今往后,一切像手握流沙般溜走。

"女士,快来。"

护士的声音激起她的反应,女总管步履匆匆地离开。看着她远去,欧也妮将手中的枕头抱在怀里。露易丝在她身后哭泣。她也想让眼泪落下,但她不肯。她倦怠地坐在床沿,转头看向窗外。远方的一线晴天落在公园草地上。

吉纳维芙敲门三下。她吸一口气,双手背在身后,紧张地拨弄手指。外面,夜幕已经降临。医院走廊里悄无声息。

屋里有个声音终于回答。

"请进。"

吉纳维芙转动门把手。办公室里,一个男人坐在桌边。他身体前倾,用羽毛笔修订当天的最新笔记。

房间很安静,几乎显得庄重。好多盏油灯照亮墙壁和家具,以及男人的矮胖侧影:他快要整理完笔记。冷却的香烟气味飘荡在到处摆放的书本和大理石胸像之间。

吉纳维芙局促地上前一步。男人专心写东西,双臂放在桌面。他戴着一条精致的黑领带,在脖子上打了个领结;白衬衫外面穿着深色的背心和西装。这个男人似乎在任何情况下都保持威严姿态。无论是独处,还是面对虔诚的观众,他所在的每个房间都无比庄严,吉纳维芙从未见过能与之匹敌的气场。

"夏科医生?"

正在用功的男人抬脸看向她。下垂的眼睑和嘴形让他的表情更显忧虑和高傲。

"吉纳维芙。请坐。"

吉纳维芙坐在办公桌对面。面对这个男人,她总是心绪不宁。受此困扰的可不止她一人。她见过有些疯女人被夏科的手触碰之后当场昏厥,还有人佯装发病来博取他的关注。每当他难得地来宿舍巡诊,屋里气氛突变:医生走进门,一群女人立即惺惺作态,搔首弄姿,假装发烧,哭泣或哀求,在胸口画十字。女护士们笑得像是受惊的少女。他是大家渴望的男人,理想中的父亲,受人敬仰的医生,灵魂和精神的拯救者。夏科查房时,一众医生和实习医生紧随其后,组成另一个忠诚的宫廷,他们心怀仰慕,静静观摩,更加坐实夏科主宰医院的正当性。

单单一个男人倍受称颂可不是件好事。吉纳维芙不动声色地推波助澜。在她眼中,这位神经学家代表最杰出的科学与医学。夏科何止是她梦寐以求的伴侣,他是一位大师,而她有幸成为他的门生。

安静的办公室里,男人继续批注档案。

"您很少来这里见我。有什么事吗?"

"我希望跟您谈谈一位病人。欧也妮·克莱里。"

"您知道萨尔佩特里尔有多少疯女人吗?"

"就是与死人交流的那位。"

男人停笔,抬头看向女总管。他将羽毛插进墨水瓶,靠在椅背上。

"嗯,巴宾斯基跟我说过。是真的吗?"

吉纳维芙就怕这个问题。如果她透露欧也妮确实与死人交谈,人们将视她为异端。她不会得到治疗,只会被关起来,这辈子都不可能呼吸外面的自由空气了。反之,如果人们断定她在撒谎,她会被当成普通的谎语癖患者。

"我只知道,据我观察,她身上绝对没有任何异常。和其他姑娘不同,她不属于这里。"

夏科皱起眉头。他思索片刻。

"她什么时候入院的?"

"3月4日。"

"现在要判断她能否出院,为时尚早。"

"正常女人和几百名疯女人关在一起,这也不对。"

男人快速打量吉纳维芙。他往后退一些,椅子发出刺耳的声音,接着他站起身。地板在他脚下嘎吱作响。在办公桌后面,他打开摆在蜗脚台桌上的雪茄盒。

"如果这姑娘真的幻听,就是神经出了问题。如果她在撒谎,那就是疯子。跟自称是约瑟芬·德·博阿尔内的疯女人一样,还有自称是圣母玛利亚的那个。"

吉纳维芙一阵失落。她也站起身。办公桌另一边,夏科点燃雪茄。

"医生,恕我直言,欧也妮·克莱里和那些女人毫不相干。以我在病区多年的工作经验,足以肯定这一点。"

"您什么时候开始替疯女人讲话了,吉纳维芙?"

"请听我说:两天后就是舞会。近期护士工作量很大。况且,露易丝和苔蕾丝先后发生意外,病区已经受到冲击。目前环境下,真的不适合收留一位没有明显病症的年轻女子……"

"您不是关过她禁闭吗?"

"什么?"

"体检过后,巴宾斯基向我描述过她非同寻常的反抗。您关了她禁闭,不是吗?"

吉纳维芙被问得猝不及防。她尽力避免眼神低垂,否则等于承认软弱。她很了解医生的眼睛。从小生活在父亲身边,她早已习惯。这群男人的职业病让他们能捕捉任何细节:伤口,异常,慌乱,抽搐,软弱。无论你愿不愿意,总会被他们看透。

"我确实关了她禁闭。这是程序。"

"您注意到这位年轻女子情绪不稳定。谎语癖患者也好,灵媒也罢,总之她具备攻击性和危险性。留院观察非常合理。"

夏科手持雪茄回到座位上:他从墨水瓶里拿起羽毛,继续批注。

"以后,吉纳维芙,我请您别再为这种个案来打扰我。您的职务仅限于照看病人,而非诊断。切忌越俎代庖。"

夏科的话仿佛一枚炸弹在房间里被引爆。男人继续整理笔记,无视他刚训诫完的女人。一顿关起门来的羞辱。她比医生更早来到萨尔佩特里尔,却被他降级为照料病人的普通护士。在她推崇备至的男人眼里,多年的工作和忠诚都不足以让她的话拥有分量。

吉纳维芙一时错愕不已。她讲不出话。就像每一回在父亲卧室里被训斥时那样,她缩回脑袋,握紧拳头,忍住眼泪。她一言不发地接受斥责,接着离开办公室,以免再打扰医生:他已经回到工作状态,对她漠不关心。

11

1885 年 3 月 17 日

咖啡盛在陶瓷杯里。一家人围坐桌边，刀叉在餐盘上发出清脆的响声。早晨现买的面包还热着，脆皮被掰成两半，面包心几乎烫手指。外面滂沱大雨敲打着窗玻璃。

泰奥菲勒用咖啡匙机械地搅拌热气腾腾的黑色液体。他再也无法忍受全家早餐时段的安静：仿佛他对面的空椅子并不存在。这个家里，欧也妮的名字再也没人提起，仿佛她从未存在过。两星期以来，她的消失丝毫没有影响全家的日常习惯。早晨一如既往地安静。人们在面包片上涂黄油，把饼干泡进茶杯，咀嚼煎蛋卷，吹凉咖啡。

一个声音打断他的胡思乱想。

"你不吃早饭吗，泰奥菲勒？"

年轻男子抬起眼睛。祖母坐在旁边,与他四目相对,呷一口茶。老妇人的微笑让他无法忍受。他在桌下攥紧拳头。

"我没什么胃口,祖母。"

"你最近早饭吃得少。"

泰奥菲勒忍住没有回答。如果这个口蜜腹剑的妇人没有辜负孙女对她的信任,或许他就能正常吃饭了。她满是褶皱的面容具有欺骗性:别人以为她温柔和蔼,总是伸手爱抚晚辈的脸庞,一双蓝眼睛在你身上停留。然而,如果不是因为堪称欺骗大师的老妇人,欧也妮今天早晨应该还坐在餐桌旁呢。岁月既没有让老妇人患上痴呆症,也没有让她变得更睿智。她明知道泄露孙女的秘密会引发的后果。

泰奥菲勒责怪她欺骗了欧也妮。他责怪父亲把被蒙在鼓里的欧也妮关进医院,责怪母亲一如既往的被动和软弱。他想掀翻鸦雀无声的桌子,把餐盘和杯子打翻在地,他想挨个质问他们怎么能做出这么糟糕的决定,但他纹丝未动。两星期以来,他的怯懦并不亚于其他人。妹妹被关进医院时,他毕竟也出了一份力。他屈从于父亲的命令,没有给欧也妮报信。他甚至把她押送进这该死的医院,对她的哀求置若罔闻。羞愧啃噬他的内心,让他无话可说。他对在座其他人的怒火站不住脚,因为他也脱不了干系。祖母的行为已经导致在场所有人都有罪。

门铃响起,这群人突然一惊。路易放下茶盘,离开会客厅。餐桌尽头,弗朗索瓦·克莱里从背心口袋里掏出一块怀表。

"这个点上门拜访也太早了。"

路易回到会客室。

"先生,是吉纳维芙·格莱兹女士。来自萨尔佩特里尔医院。"

听到医院名字,餐桌被一股寒气笼罩。谁也没料到它会被提及——更重要的是,谁都不愿意提及。片刻震惊过后,克莱里先生皱起眉毛。

"她到底要怎样?"

"我不知道,先生。她请求见您,还有泰奥菲勒先生。"

泰奥菲勒在椅子上坐直身体,他脸红了。其他人的目光转向他,仿佛这次拜访的责任在他。父亲放下刀叉,面露愠色。

"你知道她要来吗?"

"当然不知道。"

"你去接客。告诉她我有事。我没空管这些。"

"好的。"

泰奥菲勒局促地站起身,将餐巾放在咖啡杯旁边,然后往门口走去。

吉纳维芙在门旁边等待。她双手拿着一把滴水的雨伞,高帮皮鞋和裙摆都被打湿,脚下逐渐积成一小摊水。

她腾出一只手,整理发绺,摆正帽子。她料定克莱里先生不会出面接客。任何姑娘只要进了萨尔佩特里尔的大门,就再也没人关心她的消息,她的家人更是如此。克莱里先生也不例外。他女儿如今是疯子,光是提到名字都使他蒙羞。当今世道,维护父姓的名声比留住女儿更重要。克莱里一家人当中,唯独儿子还有希望。吉纳维芙心想:"他曾回来看望妹妹。他显然感到愧疚。我应该跟他谈。"所以她今天来了。

前一晚,在她回家的路上,近期初露端倪的内心变化终于发生。夏科的话首先让她备受打击。经过近期一系列事件——先是她父亲,接着是露易丝和苔蕾丝——夏科的话是压垮她的最后一根稻草。从此,一切不再受她掌控。眼看大厦将倾,她甚至怀疑是时候辞去医院的工作了。

在她爬坡走向先贤祠的途中,一种新的情感渗入心间。二十多年来,她辛勤劳作,在萨尔佩特里尔度过一个个不眠之夜;她比任何人都更熟悉每一条走廊、每一块石头、每一个疯女人的眼神,甚至胜过夏科。而他却敢轻视她的话语权。他身居高台,轻易推翻敬仰者的判断,对她的话充耳不闻。不止夏科,在这座医院里,没有一个男人听她们讲话。

她一边走路,一边无声地愠怒,直至满心愤慨。没错,她不再感到紧张,取而代之的是愤慨,正如童年时期对教士和副祭们的愤慨。她的信仰和身份受到质疑，有人试图刁难她，试图将一套行为准则和性情强加给她。她本以为自己在医院拥有名正言顺的地位，但现在才意识到，她的价值不取决于其他人愿意承认多少，而取决于某人决定赐予她多少：夏科教授。

或许是她情绪太激动。或许没道理为了一个小小的警告而感觉受冒犯。但她向来敢于直面她认为有错的人。这次就是夏科有错。

她决定了：她要帮助欧也妮。正如欧也妮曾经帮助她。

泰奥菲勒到达入户走廊，认出了女总管。他喉咙收紧，向她走来。

"女士？"

吉纳维芙瞥一眼他身后。

"您父亲呢？"

"他没空，他请您原……"

"没事，这样很好，我想见的是您。"

"我？"

现在轮到泰奥菲勒瞥一眼背后，他压低声音说道：

"如果是关于我交给您的书，我恳请您，帮我保密。"

"与那无关。我需要您的帮助。"

女总管靠近泰奥菲勒，她也压低了声音。走廊尽头通往安静的会客室,他们能看到靠近门口的家具,但是看不见餐桌,或者正在用餐的人。

"令妹必须离开萨尔佩特里尔。"

"她怎么了?严重吗?"

"她一点毛病都没有。令妹一切正常。但医生不肯批准她出院。"

"但是,如果她正常……"

"一旦进去,没人能出来。至少很罕见。"

泰奥菲勒焦虑地看向走廊,确保没人过来。他紧张地抬手捋头发。

"我不明白能做什么。我不是她的监护人。只有父亲有办法让她出院。"

"他不会同意?"

"不会。绝无可能。"

"明天医院举办舞会。我把您写进了宾客名单,化名克莱兰;我改写了您的姓氏,以免别人以为您和某个疯……某个病人有关系。"

"明天?"

"你们俩将在舞会上见到面。到时会很热闹,足够趁机溜走。我放你们从医院入口出去。"

"但我……我不能带她回这里。"

"您有两天时间,做好准备。一间有屋顶的小卧室总好过她现在所处的地方。"

会客室门口传来一个声音,把两人吓了一跳。

"克莱里先生?一切还好吗?"

路易笔直地站在门框里。泰奥菲勒抬起颤抖的手,向他示意。

"一切都好,路易。女士马上就走。"

仆人看他片刻,随即离开。泰奥菲勒紧张地在走廊里踱步。他继续单手摆弄头发。

"这一切太突然了。我不知道对您说什么。"

"您希望妹妹自由吗?"

"希望。当然希望。"

"那就请相信我。"

泰奥菲勒停下脚步,眼睛盯着吉纳维芙。这不是他记忆中的那个女人。从外表来看,她是他委托转交书本的那个人,没错。但是性情已经改变,对此他很确信。这个女人原先令他生畏,如今却让人愿意信赖她。他凑近说道:

"您为什么要帮我妹妹?"

"她帮过我。"

女总管似乎不愿多说。泰奥菲勒想问她一个问题。过去两星期,他备受煎熬,唯有这个女人能真正解答他的疑问。他张开嘴,却问不出来。他惧怕答案。

吉纳维芙仿佛猜到他的犹疑,她抢先开口。

"令妹不是疯子。她有能力帮助他人。但如果继续被囚禁,她无法施展能力。"

会客室传来餐具的声响。吉纳维芙抓住年轻男子的前臂。

"明天。十八点。机不可失。"

女人松开他的胳膊,转动门把手,离开公寓。透过半掩的门缝,泰奥菲勒看到她悄无声息地快步走下楼梯间。他抬手捂住胸口,摸到心脏怦怦直跳。

苔蕾丝醒来。她在宿舍的昏暗中努力睁开眼皮。夜幕降临。油灯照亮房间和女人们闹腾的身影。身体的躁动是一年一度的习惯,舞会前夜总是如此。她们的动作急不可待,伴随紧张的笑声,这天晚上很少有人能睡着。

苔蕾丝躺在床上,双手撑床垫试图坐起身,但是被手腕的尖锐疼痛拦住了。她一动不动,咬住嘴唇,忍住不喊出声。仿佛一把利刃从里面割裂她的皮肤。疼痛像是一道电流涌上脑袋,令她感到晕眩。她忘记了伤口。

自从住进萨尔佩特里尔,苔蕾丝每个月会做两三回噩梦:昔日的妓女大半夜惊醒,高声呼救,其他病人也被她的情绪感染,全都惊慌失措。第二天早晨,她已经忘得一干二净。撇开这些插曲不谈,资历最老的疯女人行为举止还算正常。

没人能说清原因,但这些噩梦已经很久没再出现。苔蕾丝情绪稳定,整夜安睡。她的整体状况足够稳定,昨天巴宾斯基为她检查之后判断,再也没有任何阻止她出院的征候。年纪不轻的疯女人被这番话震惊了。重回巴黎,踏上它的街道,嗅到它的气息,穿过她当初将情人推下去的塞纳河,走在于她而言居心叵测的男人们身边,踏上她无比熟悉的人行道:她一想到这些,内心充斥着无法控制的惊恐。她的目光捕捉到一把摆在桌上的医用剪刀,她动作太快,护士们当场惊叫起来。

昨天晚上,她第一次苏醒。看到两只手腕缠着绷带,她感觉舒了一口气。

从今以后,再也不会有人让她出院。

她决定用手肘支撑,终于坐起来一些。她将手臂从被子底下抽出来观察绷带:白纱布里面有少量干燥血迹。皮肤在拉扯,她似乎听到它的叫喊。必须过段时间才能织东西了。她不想再引人注意,于是将手臂放回被子底下。周围其他女人从食堂回来,不想立即上床。她们尽情想象掌声,想象与男伴翩翩起舞,憧憬一次邂逅,或者至少一次眼神交错。明天晚上听到、看到、感受到的任何一点小细节,都将作为宝贵的纪念品被她们带走,珍藏在记忆之中。

只有一个身影与众不同:她穿着黑裙子,身体绷得笔直,穿行在一排排床铺之间,没有被欢快的情绪感染。苔蕾丝认出那是欧也妮。年轻女子走到自己的位置,看都不看一眼邻床,自顾自地回到床上。她迅速脱下高帮皮鞋,躺进被子底下。苔蕾丝突然发现,她指间攥着一张小纸条。欧也妮立即把它悄悄塞进袖子,夹在手腕和裙子布料之间。藏好秘密之后,她舒展身体,转过身去背对苔蕾丝,不再动弹。

苔蕾丝来不及搞清楚,一只手突然搭到她肩上。

"苔蕾丝,你醒了。"

一名护士站在左边打量她。最近一两年新招进来一批护士,她是其中之一:褐色头发,身材矮胖,长相平平无奇。这些女人没有太多选择:要么来这里照料病人,要么去做女仆或洗衣妇,替人端茶捣衣。她们满足于执行命令。白天为了打发无聊,她们不停交谈:关于疯女人和女护士,关于医生和实习医生。再小的新鲜事,再小的细节,再碎的闲话,她们都会互相分享和复述,添油加醋,当成笑柄。她们站在走廊拐角或是坐在长椅上谈话,听起来就像那些聚集在楼房院子里嚼舌的家庭主妇。谁也不敢对她们吐露心声,以免被宣扬出去。

苔蕾丝表情冷漠地耸耸肩。

"我醒了,是的。"

"你需要什么吗?你错过了晚餐。"

"我不饿,谢谢。"

年轻护士在她床边蹲下。苔蕾丝是这群新员工唯独不会责难的病人,她们反而很想跟她说话——毕竟在这里住了二十年,就连一道小缝隙,她都了如指掌。

年轻女子伸手指向欧也妮,压低声音说道:

"看到你邻床没有,跟幽灵讲话那姑娘?刚才在食堂,女前辈交给她一张纸条。小小一张纸。她动作特隐蔽,可我看见了。"

苔蕾丝瞥一眼欧也妮,她侧躺着,背对她俩。听到这番话,苔蕾丝并不惊讶。她已经撞见过吉纳维芙神色不安地看向欧也妮。不仅如此,女前辈会异于寻常地出现困惑,这一点让苔蕾丝感到惊讶。自从这个家境富裕的年轻女孩来到医院,吉纳维芙身上的某样东西已经动摇。但由于她们俩之间的事情看起来严肃,苔蕾丝恰恰不想去了解。

她一脸不悦地转头看向女护士。

"那又怎样?"

"她们在隐藏些什么,这两个人。我有把握。从现在起,我会一直盯着她们。"

"你说你这丫头,是不是闲得慌?这儿是医院,不是小酒馆。你该操心点别的事情,对面那两个疯女人正在争抢一顶宽边软帽。"

女护士站直身体，眉头紧皱。

"要是哪天我发现你知道内情，我要向医生打报告。"

"这儿也不是学校。快走吧，你烦到我了。听你讲话耽误我伤口结痂。"

爱打小报告的年轻护士转身走远。苔蕾丝再次看向欧也妮。

她蜷缩身体侧躺，脑袋陷进枕头，无声地哭泣。她用手指拨开脸上沾湿的发绺，听不到也看不到周围的一切。一千个念头堆在心间，久久不散。接着，为了真正相信，为了确定不是做梦，她从袖子里悄悄抽出吉纳维芙递给她的纸条，手指颤抖着展开小小的纸片。上面是老前辈的字迹：

"明晚，舞会。泰奥菲勒会来。"

12

1885 年 3 月 18 日

夜幕降临。沿着医院大道,点灯人接力点亮一盏盏路灯,照亮人行道。华灯初上,街道一片寂静——除了 47 号。从马路边往里走有个小广场,已经显现出不同往常的喧闹:出租马车陆续到达,一来便有数十辆之多,沿小转盘绕行之后逐一停车。车门打开,乘客下来,踏上石块铺面的广场。成双结对的来宾打扮精致。一看首饰就能明白,这些人属于巴黎的富裕阶层。

拱门入口的门楣上刻有医院名称,几位女护士站在门楣的立柱旁迎宾。部分来宾熟悉环境,步伐自信地穿过荣誉庭;其他人既害怕又好奇,兴高采烈地打量医院的小径和建筑。

济世堂的宽敞大厅里,先到的宾客耐心等候。壁灯照亮装扮简约的会场:绿植和鲜花沿着宽窗摆放,彩色饰带从天花板垂坠下来。

弹簧门附近布置了冷餐台，桌上摆放着糕点、糖果和小蛋糕。胃口大开的宾客可以自取食物，但找不到一杯甜烧酒或香槟。今晚，人们只能满足于杏仁或橙子制作的糖浆。

新来的宾客走到大厅门口，迎接他们的是一曲华尔兹：小乐团栖在对面的舞台上，正在欢快地演奏。

人群发出怯生生的喧闹，与乐团奏响的音符混在一起。舞会即刻开始，人们兴奋起来，开始互相交谈：

"您觉得她们看起来怎样？"

"您认为能与她们直接对视吗？"

"去年，有个痴呆老妪把舞会上的男人蹭了个遍！"

"她们有攻击性吗？"

"夏科呢？他来不来？"

"我倒要看看传说中的歇斯底里症发作起来是什么场面。"

"或许我不该戴钻石的，我担心被她们偷走。"

"听闻她们当中有些人颇具姿色。"

"我见过几个极为丑陋的。"

木棍敲地五次，人群安静下来，乐团停止演奏。一小群女护士聚集在入口旁。她们的身影提醒大家这场舞会的特殊性。装饰，乐团，冷餐台，这些都无法美化人们身处医院的现实：一所精神病院。

护士的在场引起一种模棱两可的情绪：宾客乐得让她们守在附近，以防情况超出控制，或者出点岔子妨碍舞会。面对即将要接触的疯女人，宾客终究不了解她们在公共场合会如何表现，护士的在场减少了他们的孤单和无措。但这些看护人员也令他们不安，似乎意外情况并不遥远，随时可能有疯女人倒地——尽管每个人内心深处都期待亲眼见证传闻中的歇斯底里症发作。

在护士们旁边，一名首席医疗官对人群说道：

"女士们，先生们，晚上好。欢迎来到萨尔佩特里尔医院。我们的医护团队，以及夏科医生，很高兴也很荣幸能接待各位参加新一年的斋中舞会。下面欢迎诸位翘首以盼的女士们入场。"

乐队继续演奏华尔兹，观众默不作声。人们伸长脖子望向被打开的弹簧门。疯女人两两一排，鱼贯而入。众人以为会看到痴呆、瘦削、疯癫的病人，然而夏科的姑娘们却有种令人惊讶的自如和正常。没有想象中的奇装异服和滑稽神态，众人意外地发现这些女人的仪态不亚于戏剧演员。她们身穿"戏服"陆续入场：送奶工、侯爵夫人、农妇、丑角、火枪手、小鸽子、骑士、女巫、行吟诗人、海员、农妇、女王。这些姑娘来自不同病区，包括歇斯底里患者、癫痫患者、神经过敏患者，有老有少，魅力四射，仿佛她们的与众不同之处并非疾病或者医院的高墙，而是在这世间存在和移动的方式。

随着她们迈步上前,人群让开一条路。观众试图揪出缺陷和瑕疵,留意收在胸前的瘫痪手臂,或是频繁眨动的眼皮。但是疯女人们献上了出人意料的优雅表演。心里的石头落了地,来宾的身体也放松下来,逐渐又开始低声交谈,不时发出阵阵笑声,互相推搡着想要近距离观看这些珍奇异兽,仿佛身处巴黎植物园的笼中,与奇兽零距离接触。疯女人或是走进舞池,或是在长凳上落座,与此同时,宾客松弛下来,咯咯发笑。蹭到疯女人的衣袖,他们便放声大笑和尖叫。初来乍到的人如果不明就里,恐怕会以为他们全都是疯子和怪人,即便今晚的病患另有其人。

与会场相隔几道门的走廊尽头,一名女护士正在护送露易丝。少女躺在带滚轮的床上,任由别人推她前往舞会。

整整一天,她不肯穿上舞裙。她不敢设想以半身不遂的状态面对公众。她可是夏科公开课的知名案例,如今却变成一个普普通通的残疾人,无法站起身来跳舞。经过病友和护士们好言相劝、恭维奉承,少女最终被说服。巴黎只等待她,人们都想见她。瘫痪丝毫不影响她的名声,恰恰相反:人们将会赞扬她抛头露面的勇气。不仅如此,如果夏科能治好她,消除她的瘫痪,她将成为科学进步的标志和典范。她的名字会出现在教科书里。

这些念头足以让她重拾信心。露易丝先等其他疯女人离开宿舍,除了今晚卧床休息的苔蕾丝,然后让两名女护士帮她穿衣。最大的麻烦是瘫痪的手臂,但她们最终在不扯坏布料的前提下成功穿好了舞裙。一顶带有花饰和流苏的头纱盖住她的双肩。乌黑的发丝梳成低发髻,两朵红玫瑰插在头发里。苔蕾丝微笑着看她:

"你活像个正经八百的西班牙女人,我的小露易丝。"

手推床的轮子在走廊方砖上嘎吱作响。露易丝背后垫着好些厚枕头,上半身被抬高到坐姿,瘫痪的手放在胸口。距离济世堂越近,她的呼吸越急促。年轻护士在身后对她说话,可她听不进去。

突然,幽暗的走廊里出现一个男性身影,挡住她们的去路:露易丝缓过神来,认出了于勒。她屏住呼吸。年轻医生步伐坚定地走向两个女人,对露易丝身后的护士说道:

"宝莱特,医院门口需要你。不断有宾客到达之后找不着路。"

"但我得陪着小……"

"交给我。你去吧。"

女护士虽不情愿,但还是听从了。于勒取而代之,推着床往前走。两人都不讲话,直到听见女护士彻底走远。于勒俯身

靠近露易丝。没等他开口,她抢先说道:

"我原本不想见你。"

"是吗?"

"我再也不想见到你。我现在变丑了。"

于勒停下。轮子的嘎吱声中断。他绕过病床,来到露易丝身旁。她扭开脸,不愿直视那双注视她的蓝眼睛。

"别看我。"

"你在我眼中依旧美丽,露易丝。"

"残疾人才不美。你说谎。"

她感觉到他的手指掠过她的脖颈和面颊。

"露易丝,我想娶你为妻。这一点不会变。"

露易丝闭上眼睛,咬住脸颊内侧。她期待听到这些话。她的左手指紧紧拽住头纱,不让自己哭出来。她感觉到病床重新开始移动,睁眼发现床被调转了方向;在她身后,于勒掉头,继续往前推。

"你干什么?济世堂在另一边。"

"我给你看样东西。"

舞会大厅里,泰奥菲勒穿过盛装打扮的人群。在场宾客之多令他惊讶不已。周围满是大礼帽和宽边女软帽,蕾丝和褶边,羽饰和花饰,或真或假的小胡子,方格纹和圆点纹的布料,皮草和折扇。众人翩翩起舞,时而碰撞,彼此擦肩,互相避让。他的目光捕捉到一张张快活的脸庞,一只只对疯女人指指点点的手,以及那些对他微笑、与他握手的疯女人。人群的喧闹与小提琴、钢琴的音符混在一起,四面八方响起欢笑声,大家在地板上手舞足蹈。人群混杂且奇怪,场面近似狂欢节:布尔乔亚不是冲着庆祝节日而去,更主要是拿盛装打扮的乡下人当笑话看。晚会对每个人的意义并不相同。这厢是身着华服的年轻女人,精准跳出近几个礼拜学习的舞步;那厢是鼓掌喝彩的观众,如鱼得水般完全沉醉于这场演出。

泰奥菲勒扫视一张张脸庞,寻找妹妹。他的太阳穴和双手都被汗湿。他根本想象不到自己会出现在这里,来到人尽皆知的萨尔佩特里尔舞会,试图瞒着父亲和医生接走欧也妮。他说不清自己的举动究竟是公正且勇敢,还是愚蠢且危险。

护士同样穿梭在人群中,她们身穿一袭黑衣,向疯女人分发小玻璃杯装的糖浆。有的病人乖乖服从,有的单手推开杯子:仅此一晚,她们不愿被当作病人。窗户底下,几位痴呆老妪坐在长凳上,看起来对众人的喧闹无动于衷。乍见她们凹陷的脸颊和令人惶恐的眼神,观众不由得后退一步:她们置身美丽的舞会现场,却面无表情,几近一具空壳。人群里,一位女伯爵周旋于宾客之间,扇动手中的折扇,额前鬓发被风吹得飞起。她逢人便讲自己的财产,描述她在阿尔代什省的城堡,担心她的里维埃钻石项链被人偷走。稍远处有一位身形敦实的吉卜赛女郎，头上罩着围巾，嘴唇涂着口红，提议给陌生人看手相。她接着停下脚步，抓起别人的手，一边紧张地咯咯笑，一边预测未来，说完继续走她的路。一名女子扮成玛丽-安托瓦内特，缺乏节奏地拍打挂在腰间的鼓。瘦削苍白的孩童们装扮成丑角，抓起冷餐台上的糖果，钻进人群跑来跑去。看见年纪这么小的病人，宾客纷纷感到惊讶。一名女巫身披拖地斗篷，头戴对她而言显得太大的尖顶帽，专心致志地清扫地上的面包屑和灰尘，一路撞到别人却不自知。

泰奥菲勒走到乐团旁，他环视四周，旋即定住：稍远处的一扇窗边，欧也妮也带着焦虑的眼神扫视人群。她往后梳起头发，扎成一根长辫子落在背后，身穿男装。仿佛觉察到有人在打量她，欧也妮将瘦削的脸庞转过去，看到了哥哥。她的心脏在胸腔里猛烈一震，喉咙收紧。他来了。他在这里，为她而来。她不怀疑哥哥的正直。她知道，哥哥是家里唯一不希望看到她被囚禁的人，他的所作所为仅仅是因为从小到大的习惯：毫无怨言地执行父亲的命令。正因如此，他今晚的出现才令人惊讶。她没想到哥哥终有一天（至少不是这么早）能够反抗他毕生顺从的男人。

泰奥菲勒注视着妹妹。如今找到她，他却不知该做什么。他最终决定上前一步，准备走到她身边，但被一只手抓住胳膊。

他惊讶地转头,看到吉纳维芙站在右边,她凑近说道:

"现在不行。注意看我,时机成熟我会告诉您。"

欧也妮立即走开,融入人群。她远远地向哥哥点头,让他放心。这是她半个月以来第一次露出微笑。

济世堂之外,萨尔佩特里尔万籁俱寂。房间,走廊,楼梯,处处听不见一句低语、一对鞋跟踩地的声音。唯独能听到轮子滑过瓷砖的嘎吱声。露易丝躺在病床上,被人推着穿过迷宫般的医院,平日里她不会这么晚还没回宿舍。外面路灯的光亮勉强照亮他们穿行的走廊。一路上,令人担忧的阴影映在墙壁和穹顶上。露易丝往枕头里陷得更深。她闭上眼睛,回想平日里围绕在身边的嘈杂:宿舍里女人说话的声音,食堂里餐具碰撞的声音,深夜里病友打鼾的声音——甚至疯女人的哀怨和哭泣也好过今晚阴森森的平静。一切都好过这可怕的寂静:噪声至少是生命的迹象。

露易丝感觉床停下了。她睁开眼:面前是一扇门。于勒绕过床来开锁。里面是个房间。光线完全昏暗。露易丝不解地看向于勒。

"你为什么带我来这儿?"

"这是我们平时见面的房间。"

"但为什么现在来?"

于勒不回答,而是往屋里拉床。露易丝摇头。

"我不想进去,里面好黑。"

房间里完全看不清哪里是墙,哪里是家具。露易丝听到身后的关门声。

"于勒,我想出去。我想去舞会,去到有人的地方。"

"嘘,别说话。"

少女感觉到他在身边。他轻抚她的头发,片刻过后,她感觉到他的嘴唇盖在她的脖子上。她用左手猛地推他。

"于勒……你身上有酒气。你喝酒了。"

露易丝感觉到他再次俯身,这回试图亲吻她。她撇开脸,左右闪躲,可他带着酒气的潮湿双唇还是强硬地盖在她嘴上。她的左手试图推开强硬的男人,却只是徒劳,实习医生已经爬到床上。眼泪顺着露易丝的脸颊淌下来。

"你平常不喝酒。你跟我说过,你不喝酒。"

"今晚破例。"

"你应该向我求婚的,就在今晚。"

"我会的。但你差不多算我的女人了。"

他气息滚烫。露易丝认出了这种味道,一阵恶心涌上喉咙。但凡被醉汉贴近过,只需一次就能留下不可磨灭、无法忍受的记忆。她来不及平息泪水,就被一只手抓住脸颊,于勒的嘴再次扑到她嘴上。她感受到男人的体重趴在她身上,于是喉咙发出尖叫。房间一片黑暗,但她仍能辨认出在她身上发生的一系列动作。她以为那段记忆属于过去,以为随着时间流逝,那个时刻只会渐行渐远。她后来甚至认为,经历那些事情的并不是她,而是另有其人:一个旧的露易丝,一个曾经的露易丝,一个已经从她的生命中消失的露易丝。

与三年前相同的暴力再次深入两腿之间,她张开嘴,发出无声的尖叫。她身上的一切,突然,熄灭。不只是右侧身体,而是四肢全部没了反应。下到十个脚趾,上到后仰的脑袋,全身僵硬。

她无法动弹,只好闭上双眼,任由自己跌进比这房间更阴沉的黑暗中去。

乐团演奏的舞台上,一个扮成送奶女工的疯女人取代了钢琴师的位置。她从舞会一开始就在打量钢琴,认为琴师技艺不精,决定取代他的位置。看到疯女人登上舞台朝他走来,男人吓得脸色苍白,仿佛见到魔鬼,二话不说立即让座,惹得台下观众哄堂大笑。一名女护士站在舞台底下监督她。送奶女工在黑白琴键上胡乱弹奏,演绎专属于她的乐曲,扰乱了其他乐师试图继续演奏的旋律。

欧也妮和泰奥菲勒没有离开各自的位置。哥哥在舞台附近观察妹妹,同时留意站在入口旁的吉纳维芙。欧也妮离一扇窗户不远,她也看到了吉纳维芙。她脖子僵硬。从昨天夜里开始,恐惧使她的胃绞成一团,今天什么都吃不下。她原本不再期待吉纳维芙的任何帮助。这个女人二十年都不曾违反医院规定,欧也妮才刚认识她两个礼拜,凭什么认为她会帮自己出去?欧也妮认命了。她开始任由自己陷入深深的麻木,恐怕就要一去不返。因为希望不是用之不竭的源泉,它总得建立在某种基础之上。接着,吉纳维芙在食堂塞给她这张纸条。晚餐过后像往常一样嘈杂,人们忙着收拾、整理、清洁、擦亮、扫地,欧也妮看见女总管朝她走过来,接着向她伸出手。动作迅速,精准且隐蔽。吉纳维芙一言未发,但欧也妮注意到她的眼神有所变化,出现一种饱含友谊的郑重。这张对折两次的小纸条带给她新的勇气,足以让她重燃希望,等待舞会到来。她需要一套装扮。挑剩的衣服没有太大选择余地:她只能拿一套简单的男装将就。毕竟要想偷偷溜走,深色衣服比侯爵夫人的红裙子更为隐蔽。

人群中间发出一声尖叫。舞池里的人迅速避让,空出一个圆圈,惊愕的"哦!"传遍整个人群。乐团停止演奏,除了送奶女工继续在钢琴上乱弹。一个疯女人仰面躺倒,双脚蹬地,痛苦地扭动,不知从何而来的挛缩让她身体扭曲变形。女护士们赶紧跑上前,与此同时,围观者兴致勃勃地低声讨论。几名男实习医生帮忙将疯女人躁动不安的身体抬到长凳上,观众在旁边看得入神。

欧也妮先注意到吉纳维芙的信号:大厅另一端,女总管独自站在门边,不动声色地朝她点点头,接着准备出门。泰奥菲勒被突如其来的骚动吸引了注意,没看到两个女人之间的交流,直到被一只手抓住胳膊,他这才察觉到自己被人拖着走。

"大厅入口。"

妹妹在他左边,牢牢抓住他的胳膊。众人忙着关心当晚第一个发病案例,他跟上她的步伐,一起穿过人群。

疯女人躺在窗户底下,声音嘶哑地继续喊叫。一名实习医生赶忙将两根手指(食指和中指)放在子宫位置,不遗余力地按压。喊叫声逐渐减小,疯女人四肢放松,恢复了平静。

人们涨红着脸欢呼鼓掌,气氛缓和下来。乐团劲头十足地开始演奏一首新的圆舞曲,与此同时,欧也妮和泰奥菲勒头也不回地走出大厅入口处的弹簧门。

三个身影沿着荣誉庭的墙边奔跑,周围半明半暗。远处,路灯照亮荣誉庭的主路,但光线够不到矮墙旁边他们走的这条小路。吉纳维芙在前面带头。她听到身后欧也妮和泰奥菲勒的喘息。如果停下来思考,她或许无法解释此刻的疯狂举动。三天前她做好决定,之后就不再多想。她只知道,她在想妹妹。走向克莱里公寓时,她在想布朗迪娜;伺机离开舞会时,她在想布朗迪娜；出逃的此时此刻，她在想布朗迪娜。这个念头让她安心，甚至受到鼓舞。布朗迪娜是不是真的参与了她的决定，看着她奔跑在寒冷阴暗的小路上？又或者，这是不是她拥有过的最荒唐的念头？吉纳维芙没有答案。她更愿意相信布朗迪娜在这里，挂念她，守护她。相信，就是帮助彼此。

三人最终到达入口处的墙边，面对一扇小木门。吉纳维芙气喘吁吁地从口袋掏出一串钥匙。

"尽快离开广场，但也得尽量隐蔽。这里处处有人在看。"

吉纳维芙感觉到一只手搭上她的小臂：她抬眼看向欧也妮。

"女士……我该怎么感谢您？"

直到这一刻，吉纳维芙才发现欧也妮与自己一样高，才注意到她虹膜上的深色斑点（仿佛瞳孔漫溢出界），以及她英气逼人的浓眉。这一刻，年轻女子在她眼中呈现出本真的模样，一直以来的原样。但这医院会改变人的面相，吉纳维芙想要道歉，因为她没能早点看懂欧也妮的真实样貌。

她只回答了问题。

"帮助身边的人。"

远处的喊叫声把他们吓了一跳。转头一看：礼拜堂的剪影在夜空下巍然耸立。小路尽头，多个身影正朝他们跑过来。其中就有撞见吉纳维芙递纸条给欧也妮的那名女护士。

"她在那儿！我就说吧！"

女护士身边，三个白色身影（实习医生）加快步伐朝他们跑来。吉纳维芙急忙在钥匙串里翻找。

"快点。"

她找到钥匙，插进锁孔，打开门：另一边就是街道，一辆辆四轮马车，一盏盏路灯，一座座楼房。

"走吧，赶快。"

欧也妮瞥一眼正在逼近的实习医生，忧心忡忡地看着吉纳维芙。

"那您呢？"

"快走，欧也妮。"

欧也妮注意到女总管身体变僵，下巴收紧。她抓住吉纳维芙的手。

"您跟我们一起。"

"你到底走不走？"

"女士，如果您留在这里，他们会……"

"那是我的事。"

欧也妮还愣在原地，哥哥赶忙抓住她的手臂。

"来吧！"

哥哥低头穿过拱顶小门，用力将欧也妮拽出去。刚到另一边，她转头望向吉纳维芙：可没等她看最后一眼，女总管已经锁上门。

钥匙串刚放回口袋,吉纳维芙就感觉到几个男人的手抓住她的双臂。女护士在她身后高喊:

"她帮一个疯女人逃走了!她也有病!"

吉纳维芙任人摆弄。她不再反抗,甚至四肢放松下来,如释重负。

"把她带回去。"

返回医院的路上,她抬起脸庞:天空没有云彩。礼拜堂的圆屋顶之上,蓝黑色的画布显露出星星。吉纳维芙微微一笑。从刚才开始就在监看她的女护士面无表情地皱眉。

"你跟那儿笑什么?"

疯女人看向她。

"您知道的,人生在世,妙不可言。"

尾　声

1890 年 3 月 1 日

公园下雪了。一层苍白柔软的积雪盖住草地和屋顶。光秃的树上，枝条支撑着树皮上积攒的小雪堆。医院小路空无一人。

宿舍里的人聚集在几个煤炉旁。下午很平静。有些人在睡觉，有些人挨着热源在玩纸牌。还有的在床铺之间游走，一边自言自语，或是对护士自说自话。旁边角落里，许多人围住一张床。露易丝盘坐在中间，正在织披肩。几十个毛线团散落在她脚边。周围人推推搡搡，都想得到下一条披肩。

"别争了，每个人都有。"

她头发散开，如同厚重乌黑的瀑布在背后飞流而下。她身穿一件宽松的黑裙子。苔蕾丝平日里戴的那条围巾，如今挂在露易丝脖子上。她的手指轻松娴熟：自打拿起钩针的那一刻，她就自然而然地织了起来，仿佛对苔蕾丝积年累月的观察已经让她的手指形成肌肉记忆。她一门心思地织，除了弯曲、打结、交织的羊毛线，她什么都不去想。

五年前，露易丝在舞会次日的清晨被找到。深夜里，一阵慌乱传遍了济世堂：不仅露易丝不见了，而且据说，吉纳维芙帮一个疯女人逃了出去！活动提前结束，病人被带回各自的宿舍，宾客被送到大门口。

拂晓时分，一名女护士偶然打开一扇房门。露易丝躺在床上，依然保持前一晚的姿势：头往后仰，眼皮睁开不动，大腿赤裸且张开。她一整天都处于这种深度强制性昏厥的状态，任谁都无法解除。到了夜里，一位医生穿过公园时碰巧看到她漫无目的地游走在小路上。她的四肢重新恢复正常，尽管她的精神似乎有什么已经碎裂。人们带她回到床上，从此她不再下地。整整两年，吃喝拉撒和擦洗身体都在床上完成。她也不再讲话。苔蕾丝每天轻抚她的手，就像什么都没发生过似的对她说话，却直到去世都没再听到她开口讲一个字。苔蕾丝是在睡梦中悄然离世的。第二天早晨，宿舍所有女人聚集在她僵硬的身体周围。突然，露易丝也起床走过来，一边指挥如何举办葬礼和悼念仪式。大家震惊地听她指手画脚地讲话：整整两年，她既不下地也不开口，如今却像魔法显灵似的重新会说会动了。

苔蕾丝去世第二天,露易丝收走她的钩织工具,继承了她的衣钵。之后这三年,大家都是请露易丝织披肩。无论是钩织还是分发作品,她总是严肃对待。她的脸庞摆脱了稚气。有时候,如果她感到气恼,眼神便会流露出些许冷酷。之前人们对她抱有同情,现如今变成了惧怕。

吉纳维芙远离人群,在自己床上写信。她裹着一件宽大的蓝披肩,这是露易丝最新织给她过冬用的。卷曲的金发落在肩头,脸庞伏在纸上,丝毫不在意周围试图读信的病友们。人们已经习惯她不穿护士服,而是和其他人一样穿件简单的晨衣的样子。最初几星期,她在宿舍显得格格不入,所有目光都在她身上停留。她也不再是曾经那个女人:她身上似乎有什么东西变得更温柔、更平和。成为疯女人的一员之后,她终于显得正常了。

她蜷缩着伏在纸上,将羽毛笔伸进床上的小墨水瓶蘸一下,接着写道:

巴黎,1890 年 3 月 1 日

我温柔的妹妹:

外面银装素裹。我们不能出去,不能触碰到雪。屋里寒冷极了。你可以想象,晚餐时间一到,滚烫的浓汤多招人喜欢。

昨天夜里，我梦见了你。我清晰地看到你：你柔嫩的皮肤，你红色的发丝，你苍白的嘴唇。仿佛你就在我面前。你一言不发地看着我，但我能听到你对我说话。我希望你常来看我，托梦给我。我见到你非常高兴。在那一刻，我知道你真的和我在一起。

几天前，我又收到欧也妮的新来信。她还在为《通灵杂志》撰文。她想寄一册给我，但知道会被没收。她的才华在巴黎一个特定的小圈子里受到赏识。她保持谨慎，身边是一群不会视她为异端分子的人。如果他们得知……

评判她的这些人，以及评判我的人……他们的评判来自笃信。对一个念头无法撼动的笃信会带来偏见。自从我开始怀疑之后，感觉是那么平和，我跟你讲过吗？是的，人不能笃信：必须能够怀疑，怀疑一切，怀疑事物，怀疑自己。怀疑。这在我看来是如此清晰，自从我来到另一边，睡在这些我曾经惧怕的病床之上。我没觉得自己与这些女人亲近，但我从此能看见她们。看见她们本真的模样。

我还会去教堂。显然不是做弥撒。我独自前往，趁殿内空无一人。我不祈祷。我不确定已经找到上帝，也不知道是否会有那天。我已经找到你，布朗迪娜。对我而言，这才重要。

我不知道能否很快出院，也不知道能否最终出院。我怀疑自由不在围墙之外。我人生的大部分时光都在墙外度过，但我并不觉得自由。追求应在别处。

等待被解放是一种虚妄的、令人无法忍受的情感。

人们围着我转来转去,想读几行字,我就此搁笔。

我想你。快点回来看我,你知道在哪里能找到我。

我亲吻你,全心全意。

吉纳维芙

吉纳维芙抬起头,看向床铺周围探头探脑的疯女人们。

"我写完了。没什么好看的。"

"真扫兴!"

一圈人散去。吉纳维芙下床蹲在地上:四根金属床腿之间的地上摆着一只上锁的小行李箱。吉纳维芙抓住提手往外拽。箱子里码放着百来封信。她把羽毛笔和墨水瓶收进去,叠好刚写完的信,塞到一沓的最后。接着她关好箱子,推到灰色床板底下,然后直起身子,两手拽住披肩一抻,压在胸口盖住,在女护士们的注视下走向窗边。窗外,石砖路上的白色地毯还在增厚。吉纳维芙面对窗户一动不动,回想冬天的卢森堡公园:洁白无瑕的小路,多么完美的画面。寒冷,宁静,厚厚积雪里留下的足迹。

那般景致,让人希望它永久不变。

几个手指拍拍她的肩。露易丝在右边盯着她看。吉纳维芙似乎很意外。

"你不织啦？"

"后面那些人转来转去，搞得我都累了。我要让她们等一等。"

露易丝双臂交叉放在胸前，凝视雪白的公园。她耸耸肩膀。

"以前我觉得这挺美的，现在毫无感觉。"

"你还会觉得有美好的东西吗？"

露易丝低头思索片刻，鞋底在瓷砖裂缝上磨蹭。

"我不确定。我想……当我想到母亲。我记得我从前觉得她很美，我母亲。仅此而已。"

"这就够了。"

"是的。对我而言足够了。"

露易丝打量吉纳维芙：她站在窗前一动不动，略有褶皱的双手扶在披肩上。

"您不想念外面吗，吉纳维芙女士？"

"我想……我从未去过外面。我一直在这里。"

露易丝点头。两个女人并肩站着，面向她们眼前继续变白的公园。

Le Bal des folles
by Victoria Mas
© Editions Albin Michel, Paris 2019
Current Chinese translation rights arranged through Divas International, Paris
巴黎迪法国际版权代理(www.divas-books.com)
Simplified Chinese Edition Copyright © 2024 by NJUP
All rights reserved.

江苏省版权局著作权合同登记　图字:10 - 2019 - 622 号

图书在版编目(CIP)数据

疯女人舞会 /（法）维多利亚·马斯(Victoria Mas)著；范加慧译. — 南京：南京大学出版社，2024.10
　ISBN 978 - 7 - 305 - 28076 - 4

　Ⅰ.①疯…　Ⅱ.①维…②范…　Ⅲ.①长篇小说-法国-现代　Ⅳ.①I565.45

　中国国家版本馆 CIP 数据核字(2024)第 097736 号

出版发行	南京大学出版社
社　　址	南京市汉口路 22 号　　邮　编 210093

　　　　　FENGNÜREN WUHUI
书　　名　疯女人舞会
著　　者　(法)维多利亚·马斯
译　　者　范加慧
责任编辑　甘欢欢

照　　排　南京紫藤制版印务中心
印　　刷　江苏凤凰通达印刷有限公司
开　　本　880 mm×1230 mm　1/32　印张 6.625　字数 121 千
版　　次　2024 年 10 月第 1 版　2024 年 10 月第 1 次印刷
ISBN　978 - 7 - 305 - 28076 - 4
定　　价　56.00 元

网址:http://www.njupco.com
官方微博:http://weibo.com/njupco
官方微信号:njupress
销售咨询热线:025 - 83594756

* 版权所有,侵权必究
* 凡购买南大版图书,如有印装质量问题,请与所购
　图书销售部门联系调换